P9-AOH-473

Selected, arranged, & edited by
George Van Santvoord
and
Archibald C. Coolidge

HOUGHTON MIFFLIN COMPANY

The

Favorite

UNCLE REMUS

by Joel Chandler Harris

illustrated by A. B. Frost

COLD SPRING HARBOR LIBRARY
1 SHORE ROAD
COLD SPRING HARBOR, N.Y. 11724

8421

COPYRIGHT, 1948, BY HOUGHTON MIFFLIN COMPANY

ALL RIGHTS RESERVED INCLUDING THE RIGHT TO REPRODUCE
THIS BOOK OR PARTS THEREOF IN ANY FORM

ISBN: 0-395-06800-2

FOURTEENTH PRINTING W

PRINTED IN THE U.S.A.

Contents

1. Some Goes Up and Some Goes Down 1
2. Brer Rabbit Gets a House 6
3. Why Brer Rabbit Is Bob-tailed 11
4. Brer Fox Shingles his Roof 15
5. Cousin! Cousin! 19
6. The Money Mint 24
7. Little Mr. Cricket 30
8. Why Miss Goose Roosts High 35
9. The Laughing Place 39
10. The Wonderful Tar-Baby 47
11. The Briar Patch 51
12. Saddle and Bridle 55
13. Fox Atter 'Im, Buzzard Atter 'Im 61
14. Eleven More Licks 66
15. Miss Cow and the Persimmon Tree 71
16. Stinkin' Jim 77
17. Jack Sparrow 83
18. Old Hardshell 86
19. Brer Tarrypin Learns to Fly 91
20. Take up the Slack 95
21. Lounging 'round and Suffering 100
22. Brer Coon and the Frogs 104
23. Brer Rabbit Raises a Dust 108
24. Brer Mink Holds his Breath 113
25. Mr. Dog's New Shoes 118
26. Brer Buzzard's Gold Mine 121
27. The Moon in the Mill Pond 125
28. All the Grapes in the Neighborhood 130

29. Wahoo 136
30. Mud and Water Do the Work 140
31. The Creetur with No Claws 147
32. Mr. Benjamin Ram 153
33. Heyo, House! 159
34. Brer Rabbit Loses his Luck 162
35. Trouble in the Fox Family 169
36. Just One 'Simmon More 178
37. Agin the Law 182
38. The Bag in the Corner 187
39. The Gizzard-Eater 193
40. The Bear Hunt 203
41. Billy Malone 213
42. Brer Rabbit Saves his Meat 219
43. Old Man Hunter from Huntsville 223
44. Mr. Smarty 226
45. Dollar a Minute 229
46. Ingle-Go-Jang 233
47. Brer Rabbit Gets a Licking 238
48. Brer Fox Holds the Horse 243
49. The Most Ticklish Chap 247
50. Who Nibbled Up the Butter? 252
51. The Little Rabbits 258
52. The Fresher the Better 262
53. Brer Buzzard and the Tombstone 268
54. Why Mr. Dog Is Tame 272
55. The End of Brer B'ar 278
56. Brer Wolf Says Grace 282
57. The Awful Fate of Brer Wolf 286
58. Bookay 291
59. Why Craney-crow Flies Fast 296
60. Brer Fox Follows the Fashion 301

To the Reader

MISS MEADOWS and the gals cordially invite you to meet Brer Rabbit, Brer Fox, Brer Tarrypin and their other friends to celebrate the centenary of Joel Chandler Harris (1848-1908), the creator of Uncle Remus.

Among the guests will be Arthur Burdette Frost (1851-1928), whose pictures "breathed the breath of life into these amiable brethren of wood and field," and to whom Harris wrote of his book, it "was mine, but you have made it yours, both sap and pith."

Before the festivities begin, we should note what Harris says about some important figures: "The fox of the stories is the gray fox – not the red. The rabbit is the common American hare. The bear is the smaller species of black bear common in portions of Georgia."

As to Miss Meadows and the gals, even Uncle Remus, when questioned replies only: "dey were in de tale . . . en de tale I give you like hit were gun ter me"; but Mrs. Corra Harris comments shrewdly: "You do not question their existence, nor their natural relation to Brer Fox and Brer Rabbit . . . You cannot visualize them, yet you do not doubt them."

Except for the little boy who comes each evening from "the big house" to Uncle Remus's cabin to hear the old man's stories, all the characters use "the dialect of the cotton plantations of middle Georgia" before Emancipation. We must use our ears, not our eyes, to savor the melody of the talk.

In this lively company, Harris's characteristic shyness keeps him constantly in the background: "All I did was to write out and put in print the stories I had heard all my life . . . and out of a variety of versions, to select the version that seemed to be most characteristic of the Negro: so it may be said that each legend comes fresh and direct from the Negroes. My sole purpose was to preserve the stories dear to Southern children . . . as far as possible in the form in which I had heard them and to preserve the quaint humor of the Negro . . . not one of them is cooked, and not one nor any part of one is an invention of my own."

The
Favorite
UNCLE REMUS

1

Some Goes Up and Some Goes Down

ONE EVENING the lady whom Uncle Remus calls "Miss Sally" missed her little boy. Making a search for him through the house and through the yard, she heard the sound of voices in the old man's cabin and, looking through the window, saw the child sitting by Uncle Remus.

You done year me say dat de creeturs is got mos' ez much sense ez folks, aint you, honey? inquired the old man. (The youngster nodded assent.) Well, den I'm bleedz ter tell you dat sense don't stan fer goodness. De creeturs dunno nothin' 'tall 'bout dat dat's good en dat dat aint good. Dey dunno right fum wrong. Dey see w'at dey want, en dey git it ef dey kin, by hook er by crook. Dey don't ax who it b'longs ter, ner wharbouts it come fum. Dey dunno de diffunce 'twix' w'at's dern en w'at aint dern. I aint tellin' you dese tales on account er w'at de creeturs does, I'm a-tellin' um on account er de way de creeturs does.

Brer Rabbit en Brer Fox wuz like some chilluns w'at I knows un. Bofe un um wuz allers atter wunner nudder, a prankin' en a pester'n roun', but Brer Rabbit did had some peace, kaze Brer Fox done got skittish 'bout puttin' de clamps on Brer Rabbit.

One day, w'en Brer Rabbit, en Brer Fox, en Brer Coon, en Brer B'ar, en a whole lot un um wuz cle'rin' up a new groun' fer ter plant a roas'n'year patch, de sun 'gun ter git sorter hot, en Brer Rabbit he got tired; but he didn't let on, kaze he feared de balance un um'd call 'im lazy, en he keep on totin' off trash en pilin' up bresh, twel bimeby he holler out dat he gotter briar in his han', en den he take'n slip off, en hunt fer cool place fer ter res'. Atter w'ile he come 'crosst a well wid a bucket hangin' in it.

"He holler out dat he gotter briar in his han'"

"Dat look cool," sez Brer Rabbit, sezee, "en cool I speck she is. I'll des 'bout git in dar en take a nap," en wid dat in he jump, he did, en he aint no sooner fix hisse'f dan de bucket 'gun ter go down.

Dey aint been no wusser skeered beas' sence de worril begin dan dish yer same Brer Rabbit. He fa'rly had a ager. He know whar he come fum, but he dunner whar he gwine. Dreckly he feel de bucket hit de water, en dar she sot, but Brer Rabbit he keep mighty still, kaze he dunner w'at minute gwineter be de nex'. He des lay dar en shuck en shiver.

Brer Fox allers got one eye on Brer Rabbit, en w'en he slip off fum de new groun', Brer Fox he sneak atter 'im. He know Brer Rabbit wuz atter some projick er nudder, en he tuck'n crope off, he did, en watch 'im. Brer Fox see Brer Rabbit come ter de well en stop, en den he see 'im jump in de bucket, en den, lo en beholes, he see 'im go down outer sight. Brer Fox wuz de mos' 'stonish fox dat you ever laid eyes on. He sot off dar in de bushes en study en study, but he don't make no head ner tails ter dis kinder business. Den he say ter hisse'f, sezee:

"Well, ef dis don't bang my times," sezee, "den Joe's dead en Sal's a widder. Right down dar in dat well Brer Rabbit keep his money hid, en ef 'taint dat, den he done gone en 'skivered a gole-mine, en ef 'taint dat, den I'm a gwineter see w'at's in dar," sezee.

Brer Fox crope up little nigher, he did, en listen, but he don't year no fuss, en he keep on gittin' nigher, en yit he don't year nothin'. Bimeby he git up close en peep down, but he don't see nothin' en he don't year nothin'. All dis time Brer Rabbit mighty nigh skeered outen his skin, en he feared fer ter move kaze de bucket might keel over en spill 'im out in de water. W'ile he sayin' his pra'rs over like a train er kyars runnin', ole Brer Fox holler out:

"Heyo, Brer Rabbit! Who you wizzitin' down dar?" sezee.

"Who? Me? Oh, I'm des a fishin', Brer Fox," sez Brer Rabbit, sezee. "I des say ter myse'f dat I'd sorter sprize you all wid a mess er fishes fer dinner, en so yer I is, en dar's de fishes. I'm a fishin' fer suckers, Brer Fox," sez Brer Rabbit, sezee.

"Is dey many un um down dar, Brer Rabbit?" sez Brer Fox, sezee.

"Lots un um, Brer Fox; scoze en scoze un um. De water is natally 'live wid um. Come down en he'p me haul um in, Brer Fox," sez Brer Rabbit, sezee.

"How I gwineter git down, Brer Rabbit?"

"Jump inter de bucket, Brer Fox. Hit'll fetch you down all safe en soun'."

Brer Rabbit talk so happy en talk so sweet dat Brer Fox he jump in de bucket, he did, en, ez he went down, co'se his weight pull Brer Rabbit up. W'en dey pass wunner nudder on de half-way groun', Brer Rabbit he sing out:

"Good-bye, Brer Fox, take keer yo' cloze,
Fer dis is de way de worril goes;
Some goes up en some goes down,
You'll git ter de bottom all safe en soun'."

W'en Brer Rabbit got out, he gallop off en tole de folks w'at de well b'long ter dat Brer Fox wuz down in dar muddyin' up de drinkin' water, en den

"Some goes up"

he gallop back ter de well, en holler down ter Brer Fox:

> "Yer come a man wid a great big gun –
> W'en he haul you up, you jump en run."

What then, Uncle Remus? asked the little boy, as the old man paused.

In des 'bout half n'our, honey, bofe un um wuz back in de new groun' wukkin' des like dey never heerd er no well, ceppin' dat eve'y now'n den Brer Rabbit'd bust out in er laff, en ole Brer Fox, he'd git a spell er de dry grins.

2

Brer Rabbit Gets a House

ONE EVENING Miss Sally sent a large tray of food to Uncle Remus. The little boy accompanied the bearer of the tray and remained while the old man ate supper, expecting to hear another story when he had finished. Uncle Remus paused, straightened up, looked at the child over his spectacles, and said:

Now den, honey, all dese done fix. You set over dar, and I'll set over yer, en I'll sorter rustle roun' wid my 'membunce en see ef I kin call ter mine de tale 'bout how ole Brer Rabbit got 'im a two-story house widout layin' out much cash.

Uncle Remus stopped talking a little while and pretended to be trying to remember something. Finally he brightened up and began:

Hit tu'n out one time dat a whole lot er de cree-turs tuck a notion dat dey'd go in cahoots wid buil'n' un um a house. Ole Brer B'ar, he was 'mongst um, en Brer Fox, en Brer Wolf, en Brer Coon, en Brer

"Dey'd go in cahoots wid buil'n' un um a house."

Possum. I won't make sho', but it seems like ter me dat plumb down ter ole Brer Mink wuz 'mongst um. Leas'ways, dey wuz a whole passel un um, en dey whirl in, dey did, en dey buil' de house in less'n no time. Brer Rabbit, he make like it make he head swim fer ter climb up on de scaffle, en likewise he say it make 'im ketch de palsy fer ter wuk in de sun, but he got 'im a squar', en he stuck a pencil behime he year, en he went roun' medjun en markin' — medjun en markin' — en he wuz dat busy dat de udder creeturs say ter deyse'f he doin' monst'us sight er wuk, en folks gwine 'long de big road say Brer Rabbit doin' mo' hard wuk dan de whole kit en bilin' un um. Yit all de time Brer Rabbit aint doin' nothin', en he des well bin layin' off in de shade scratchin' de fleas off'n 'im. De udder creeturs, dey buil' de house, en, gentermens! she wuz a fine un, too, mon. She'd 'a' bin a fine un dese days, let 'lone dem days. She had 'er upsta'rs en downsta'rs, en chimbleys all roun', en she had rooms fer all de creeturs w'at went inter cahoots en holp make it.

Brer Rabbit, he pick out one er de upsta'rs rooms, en he tuck'n got 'im a gun, en one er dese yer brass cannons, en he tuck'n put um in dar w'en de udder creeturs aint lookin', en den he tuck'n got 'im a tub er nasty slop-water, w'ich likewise he put in dar w'en dey aint lookin'. So den, w'en dey git de house all fix, en w'iles dey wuz all a-settin' in de parlor atter supper, Brer Rabbit, he sorter gap en stretch hisse'f, en make he skuses en say he b'lieve he'll go ter he room. W'en he git dar, en w'iles all de udder creeturs wuz a-laffin' en a-chattin' des ez sociable ez you please, Brer Rabbit, he stick he head out er de do' er he room en sing out:

"W'en a big man like me wanter set down, wharbouts he gwine ter set?" sezee.

Den de udder creeturs dey laff, en holler back:

"Ef big man like you can't set in a cheer, he better set down on de flo'."

"Watch out down dar, den," sez ole Brer Rabbit, sezee, "kaze I'm a gwine ter set down," sezee.

Wid dat, *bang!* went Brer Rabbit gun. Co'se, dis sorter 'stonish de creeturs, en dey look roun' at wunner nudder much ez ter say, "W'at in de name er gracious is dat?" Dey listen, en listen, but dey don't year no mo' fuss, en 'twant long 'fo' dey got ter chattin' en jabberin' some mo'. Bimeby, Brer Rabbit stick he head outer he room do', en sing out:

"W'en a big man like me wanter sneeze, wharbouts he gwine ter sneeze at?"

Den de udder creeturs, dey tuck'n holler back:

"Ef big man like you aint a-gone gump, he kin sneeze anywhar he please."

"Watch out down dar, den," sez Brer Rabbit, sezee, "kaze I'm gwine ter tu'n loose en sneeze right yer," sezee.

Wid dat Brer Rabbit let off his cannon — *bulder-um-m-m.* De winder glass dey shuck en rattle, en de house shuck like she gwine ter come down, en ole Brer B'ar, he fell out de rockin'-cheer — *ker-blump!* W'en de creeturs git sorter settle, Brer Possum en Brer Mink, dey up'n 'low dat Brer Rabbit got sech a monst'us bad cole, dey b'lieve dey'll step out and git some fresh a'r, but dem udder creeturs, dey say dey gwine ter stick it out; en atter w'ile, w'en dey git der h'ar smoove down, dey 'gun ter jower 'mongst deyse'f. 'Bout dat time, w'en dey get in a good way, Brer Rabbit, he sing out:

"W'en a big man like me take a chaw terbarker, wharbouts he gwine ter spit?"

Den de udder creeturs, dey holler back, dey did, sorter like deyer mad:

"Big man er little man, spit whar you please."

Den Brer Rabbit, he squall out:

"Dis de way a big man spit!" en wid dat he tilt over de tub er slop-water, en w'en de udder creeturs year it come a-sloshin' down de sta'r-steps, gentermens! dey des histed deyse'f outer dar. Some un um went out de back do', en some un um went out de front do', en some un um fell out de winders; some went one way en some went nudder way; but dey all went sailin' out.

Brer Rabbit, he des tuck'n shot up de house en fassen de winders, en den he go ter bed, he did, en pull de coverled up roun' he years, en he sleep like a man w'at aint owe nobody nothin'; en needer do he owe um, kaze ef dem udder creeturs gwine git skeered en run off fum der own house, w'at business is dat er Brer Rabbit? Dat w'at I like ter know.

3

Why Brer Rabbit Is Bob-tailed

ONE TIME, said Uncle Remus, sighing heavily and settling himself back in his seat with an air of melancholy resignation — one time Brer Rabbit wuz gwine 'long down de road shakin' his big bushy tail, en feelin' des ez scrumpshus ez a bee-martin wid a fresh bug.

Great goodness, Uncle Remus! exclaimed the little boy in open-eyed wonder, everybody knows that rabbits haven't got long, bushy tails!

The old man shifted his position in his chair and allowed his venerable head to drop forward until his whole appearance was suggestive of the deepest dejection; and this was intensified by a groan that seemed to be the result of great mental agony. Finally he spoke, but not as addressing himself to the little boy.

I notices dat dem folks w'at makes a great 'miration 'bout w'at dey knows is des de folks w'ich you can't put no 'pennunce in w'en de 'casion come up.

"Shakin' his big bushy tail"

Yer one un um now, en he done come en 'cuse me er 'lowin' dat rabbits is got long, bushy tails, w'ich goodness knows ef I'd a dremp' it, I'd a whirl in en ondremp it.

Well, but Uncle Remus, you said rabbits had long, bushy tails, replied the little boy. Now you know you did.

Ef I aint fergit it off'n my mine, I say dat ole Brer Rabbit wuz gwine down de big road shakin' his long, bushy tail. Dat w'at I say, en dat I stan's by.

The little boy still remained quiet, and Uncle Remus proceeded:

One day Brer Rabbit wuz gwine down de road shakin' his long, bushy tail, w'en who should he strike up wid but ole Brer Fox gwine amblin' long wid a big string er fish! W'en dey pass de time er day wid wunner nudder, Brer Rabbit, he open up de confab, he did, en he ax Brer Fox whar he git dat nice string er fish, en Brer Fox, he up'n 'spon' dat he kotch um, en Brer Rabbit, he say whar'bouts, en Brer Fox, he say down at de babtizin' creek, en Brer Rabbit he ax how, kaze in dem days dey wuz monstus fon' er minners, en Brer Fox, he sot down on a log, he did, en he up'n tell Brer Rabbit dat all he gotter do fer ter git er big mess er minners is ter go ter de creek atter sun down, en drap his tail in de water en set dar twel daylight, en den draw up a whole armful er fishes, en dem w'at he don't want, he kin fling back.

Right dar's whar Brer Rabbit drap his watermillion, kaze he tuck'n sot out dat night en went a fishin'. De wedder wuz sorter cole, en Brer Rabbit, he got 'im a bottle er dram en put out fer de creek, en w'en he git dar he pick out a good place, en he sorter squat down, he did, en let his tail hang in de water. He sot dar, en he sot dar, en he drunk his dram, en he think he gwineter freeze, but bimeby day come, en dar he wuz. He make a pull, en he feel like he comin' in two, en he fetch nudder en lo en beholes, whar wuz his tail?

There was a long pause.

Did it come off, Uncle Remus? asked the little boy, presently.

She did dat! replied the old man with unction. She did dat, and dat w'at make all dese yer bob-tail rabbits w'at you see hoppin' en skaddlin' thoo de woods.

Are they all that way just because the old Rabbit

"Whar wuz his tail?"

lost his tail in the creek? asked the little boy.

Dat's it, honey, replied the old man. Dat's w'at dey tells me. Look like dey er bleedz ter take atter der pa.

4

Brer Fox Shingles his Roof

'PERIENTLY, Brer Rabbit done went en put a steeple on top er he house; so all de udder creeturs wanter fix up dey house. Some put new cellars und' um, some slapped on new winderblines, some one thing and some er nudder, but ole Brer Fox, he tuck a notion dat he'd put some new shingles on de roof.

Brer Rabbit, he tuck'n year tell er dis, en nothin'd do but he mus' rack roun' en see how ole Brer Fox gittin' on. W'en he git whar Brer Fox house is, he year a mighty lammin' en a blammin', en lo en beholes, dar wuz Brer Fox settin' straddle er de comb er de roof nailin' on shingles des hard ez he kin.

Brer Rabbit cut he eye roun' en he see Brer Fox dinner settin' in de fence-cornder. Hit wuz kivered up in a bran new tin pail, en it look so nice, dat Brer Rabbit mouf 'gun ter water time he see it, en he 'low ter hisse'f dat he bleedz ter eat dat dinner 'fo' he go 'way fum dar.

Den Brer Rabbit tuck'n hail Brer Fox, en ax 'im how he come on. Brer Fox 'low he too busy to hole any confab. Brer Rabbit up en ax 'im w'at is he doin' up dar. Brer Fox 'low dat he puttin' roof on de house agin de rainy season sot in. Den Brer Rabbit up en ax Brer Fox w'at time is it, en Brer Fox, he 'low dat hit's wukkin' time wid 'im. Brer Rabbit, he up en ax Brer Fox ef he aint stan' in needs er some he'p. Brer Fox, he 'low he did, dat ef he does stan' in need er any he'p, he dunner whar in de name er goodness he gwine to git it at.

Wid dat, Brer Rabbit sorter pull he mustarsh, en 'low dat de time wuz w'en he wuz a mighty handy man wid a hammer, en he aint too proud fer to whirl in en he'p Brer Fox out'n de ruts.

Brer Fox 'low he be mighty much 'blije, en no sooner is he say dat dan Brer Rabbit snatched off he coat en lipt up de ladder, en sot in dar en put on mo' shingles in one hour dan Brer Fox kin put on in two.

He nailed on shingles plumb twel he git tired, Brer Rabbit did, en all de time he nailin', he study how he gwine git dat dinner. He nailed en he nailed. He 'ud nail one row, en Brer Fox 'ud nail nudder row. He nailed en he nailed. He kotch Brer Fox en pass 'im — kotch 'im en pass 'im, twel bimeby w'iles he nailin' 'long, Brer Fox tail git in he way.

Brer Rabbit 'low ter hisse'f, he did, dat he dunner w'at de name er goodness make folks have such long tails fer en he push it out de way. He aint no mo'n push it out'n de way, 'fo' yer it come back in de way. Co'se, w'en dat's de case dat a soon man like Brer

Rabbit git pestered in he mine, he bleedz ter make some kinder accidents some'rs.

Dey nailed en dey nailed, en, bless yo' soul! 'twant long 'fo' Brer Fox drap eve'ythin' en squall out:

"Laws 'a' massy, Brer Rabbit! You done nail my tail. He'p me, Brer Rabbit, he'p me! You done nail my tail!"

Brer Rabbit, he shot fus' one eye en den de udder en rub hisse'f on de forrerd, en 'low:

"Sho'ly I aint nail yo' tail, Brer Fox; sho'ly not. Look right close, Brer Fox, be keerful. Fer goodness sake don' fool me, Brer Fox!"

Brer Fox, he holler, he squall, he kick, he squeal.

"Laws 'a' massy, Brer Rabbit! You done nailed my tail. Onnail me, Brer Rabbit, onnail me!"

Brer Rabbit, he make fer de ladder, en w'en he start down, he look at Brer Fox like he right down sorry, en he up'n 'low, he did:

"Well, well, well! Des ter think dat I should er lammed a-loose en nail Brer Fox tail. I dunner w'en I year tell er anythin' dat make me feel so mighty bad; en ef I hadn't er seed it wid my own eyes I wouldn't er b'lieved it skacely — dat I wouldn't!"

Brer Fox holler, Brer Fox howl, yit 'taint do no good. Dar he wuz wid he tail nail hard en fas'. Brer Rabbit, he keep on talkin' w'iles he gwine down de ladder.

"Hit make me feel so mighty bad," sezee, "dat I dunner w'at ter do. Time I year tell un it, hit make a empty place come in my stomach," sez Brer Rabbit, sezee.

By dis time Brer Rabbit done git down on de groun', en w'iles Brer Fox holler'n, he des keep on a-talkin':

"Dey's a mighty empty place in my stomach," sezee, "en if I aint runned into no mistakes dars a tin-pail full er vittles in dish yer fence-cornder dat'll des 'bout fit it," sez ole Brer Rabbit, sezee.

He open de pail, he did, en he eat de greens, en sop up de merlasses, en drink de pot-liquor, en w'en he wipe he mouf 'pun he coat-tail, he up'n 'low:

"I dunner w'en I bin so sorry 'bout anythin', ez I is 'bout Brer Fox nice long tail. Sho'ly, sho'ly my head mus' er bin wool-getherin' w'en I tuck'n nail Brer Fox fine long tail," sez ole Brer Rabbit, sezee.

Wid dat, he tuck'n skip out, Brer Rabbit did, en 'twant long 'fo' he wuz playin' he pranks in some udder parts er de settlement.

5

Cousin! Cousin!

SEEM like dat one time w'en eve'ythin' en eve'y-body was runnin' 'long des like dey bin had waggin' grease 'pun um, ole Brer Wolf live in de swamp, en, mo'n dat, he had a mighty likely gal. Look like all de udder creeturs wuz atter 'er. Dey 'ud go down dar ter Brer Wolf house, dey would, en dey 'ud set up and co't de gal, en 'joy deyse'f.

Hit went on dis away 'twel atter w'ile de skeeters 'gun ter git monst'us bad. Brer Fox, he went flyin' roun' Miss Wolf, en he sot dar, he did, en run on wid' er en fight skeeters des ez big ez life en twicet ez natchul. Las' Brer Wolf, he tuck'n kotch Brer Fox slappin' en fightin' at he skeeters. Wid dat he tuck'n tuck Brer Fox by de off year en led 'im out ter de front gate, en w'en he git dar, he 'low, he did, dat no man w'at can't put up wid skeeters aint gwine ter come a-co'tin' he gal.

Den Brer Coon, he come flyin' roun' de gal, but he aint bin dar no time skacely 'fo' he 'gun ter knock at de skeeters; en no sooner is he done dis dan Brer Wolf show 'im de do'. Brer Mink, he come en try he han', yit he bleedz ter fight de skeeters, en Brer Wolf ax 'im out.

Hit went on dis away twel bimeby all de creeturs bin flyin' roun' Brer Wolf's gal 'ceppin' it's ole Brer Rabbit, en w'en he year w'at kinder treatments de udder creeturs bin ketchin' he 'low ter hisse'f dat he b'lieve in he soul he mus' go down ter Brer Wolf house en set de gal out one whet ef it's de las' ack.

No sooner say, no sooner do. Off he put, en 'twant long 'fo' he fine hisse'f knockin' at Brer Wolf front do'. Ole Sis Wolf, she tuck'n put down 'er knittin' en she up'n 'low, she did:

"Who dat?"

De gal, she wuz stannin' up 'fo' de lookin' glass sorter primpin', en she choke back a giggle, she did, en 'low:

"Sh-h-h! My goodness, mammy! dat's Mr. Rabbit. I year de gals say he's a mighty prop-en-tickler gentermun, en I des hope you aint gwine ter set dar en run on like you mos' allers does w'en I got comp'ny 'bout how much soap-grease you done save up en how many kittens de ole cat got. I gits right 'shame' sometimes, dat I does!"

Ole Sis Wolf, she sot dar, she did, en settle 'er cap on 'er head, en snicker, en look at de gal like she monst'us proud. De gal, she tuck'n shuck 'erse'f fo' de lookin' glass a time er two, en den she tipped ter de do' en open it little ways en peep out des like she skeered some un gwine ter hit 'er a clip side de head. Dar stood ole Brer Rabbit lookin' des ez slick ez a race hoss. De gal, she tuck'n laff, she did, en holler:

"W'y law, maw! hit's Mr. Rabbit, en yer we bin 'fraid it wuz some 'un w'at aint got no business roun' yer!"

Ole Sis Wolf she look over 'er specks, en snicker, en den she up'n 'low:

"Well, don't keep 'im stannin' out dar all night. Ax 'im in, fer goodness sake."

Den de gal, she tuck'n drap 'er hankcher, en Brer Rabbit, he dipped down en grab it en pass it ter 'er wid a bow, en de gal say she much 'blije, kaze dat wuz mo' den Mr. Fox 'ud er done, en den she ax Brer Rabbit how he come on, en Brer Rabbit 'low he right peart, en den he ax 'er wharbouts 'er daddy, en ole Sis Wolf 'low she go fine 'im.

'Twant long 'fo' Brer Rabbit year Brer Wolf stompin' de mud off'n he foots in de back po'ch, en den bimeby in he come. Dey shuck han's, dey did, en Brer Rabbit say dat w'en he go callin' on he 'quaintance, hit aint feel natchul 'ceppin' de man er de house settin' roun' some'rs.

"Ef he don't talk none," sez Brer Rabbit, sezee, "he kin des set up agin de chimbly-jam en keep time by noddin'."

But ole Brer Wolf, he one er dese yer kinder mens w'at got de whimsies, en he up'n 'low dat he don't let hisse'f git ter noddin' front er comp'ny. Dey run on dis a-way twel bimeby Brer Rabbit year de skeeters come zoonin' roun', en claimin' kin wid 'im. Dey claims kin wid folks yit, let 'lone Brer Rabbit. Manys en manys de time w'en I year um sailin' roun' en singin' out *'Cousin! Cousin!'* en I let you know, honey, de skeeters is mighty close kin w'en dey gits ter be yo' cousin.

Brer Rabbit, he year um zoonin', en he know he got ter do some mighty nice talkin', so he up'n ax fer drink er water. De gal, she tuck'n fotch it.

"Mighty nice water, Brer Wolf." (De skeeters dey zoon.)

"Went ter town de udder day, en dar I seed a sight w'at I never 'spected ter see."

"W'at dat, Brer Rabbit?"

"Spotted hoss, Brer Wolf."

"No, Brer Rabbit!"

"I mos' sho'ly seed 'im, Brer Wolf."

Brer Wolf, he scratch he head, en de gal she hilt up 'er han's en make great 'miration 'bout de spotted hoss. (De skeeters dey zoon, en dey keep on zoonin'.) Brer Rabbit, he talk on, he did:

"'Twant des one spotted hoss, Brer Wolf, 'twuz a whole team er spotted hosses, en dey went gallin'-up des like de udder hosses," sezee. "Let 'lone dat, Brer Wolf, my grandaddy wuz spotted," sez Brer Rabbit, sezee.

Gal, she squeal en holler out:

"W'y, Brer Rabbit! aint you 'shame' yo'se'f fer ter be talkin' dat away, en 'bout yo' own-'lone blood kin too?"

"Hit's de naked trufe I'm a ginin' un you," sez Brer Rabbit, sezee. (Skeeter zoon en come closeter.)

Brer Wolf 'low: "Well-well-well!" Ole Sis Wolf, she 'low, "Tooby sho', tooby sho'!" (Skeeter zoon en come nigher en nigher.) Brer Rabbit 'low:

"Yassir! Des ez sho' ez youer settin' dar, my grandaddy wuz spotted. Spotted all over. (Skeeter come zoonin' up and light on Brer Rabbit jaw.) He wuz dat. He had er great big spot right yer!"

Here Uncle Remus raised his hand and struck himself a resounding slap on the side of the face where the mosquito was supposed to be, and continued:

No sooner is he do dis dan nudder skeeter come zoonin' roun' en light on Brer Rabbit leg. Brer Rabbit, he talk, en he talk:

"Po' ole grandaddy! I boun' he make you laff, he look so funny wid all dem spots en speckles. He had spot on de side er de head, whar I done show you, en den he had nudder big spot right yer on de leg," sezee.

Uncle Remus slapped himself on the leg below the knee.

Skeeter zoon en light 'twix' Brer Rabbit shoulderblades. Den he talk:

"B'lieve me er not b'lieve me ef you mine to, but my grandaddy had a big black spot up yer on he back w'ich look like saddle-mark."

Blip Brer Rabbit tuck hisse'f on de back!

Skeeter sail roun' en zoon en light down yer beyan de hip-bone. He say he grandaddy got spot down dar.

Blip he tuck hisse'f beyan de hip-bone.

Hit keep on dis a-way twel bimeby ole Brer Wolf en ole Sis Wolf dey listen at Brer Rabbit twel dey 'gun ter nod, en den ole Brer Rabbit en de gal dey sot up dar en kill skeeters right erlong.

6

The Money Mint

ONE DAY the little boy was telling Uncle Remus about how much money one of his mother's brothers was going to make. Oh, it was ever so much — fifty, a hundred, maybe a thousand bales of cotton in one season. Uncle Remus groaned a little during this recital.

Wharbouts he gwine ter make it? the old man inquired with some asperity.

Oh, in Mississippi, said the little boy. Uncle James told papa that the cotton out there grows so high that a man sitting on his horse could hide in it.

Did Marse Jeems see dat cotton hisse'f? asked Uncle Remus.

Yes, he did. He's been out there, and he saw it with his own eyes. He says he can make ever so many hundred dollars in Mississippi where he makes one here.

Eve'y time I year folks talk 'bout makin' mo' money off dar dan dey kin anywhars nigher home, said Uncle Remus, it put me in mine er de time w'en Brer Fox went huntin' de place whar dey make money.

Brer Fox meet up wid Brer Rabbit in de big road, en dey pass de time er day, en ax wunner nudder how der fambly connection is. Brer Fox say he sorter middlin' peart, en Brer Rabbit say he sorter 'twix *"My gracious!"* en *"Thank gracious!"* W'iles dey er runnin' on en confabbin', Brer Fox year sumpin rattlin' in Brer Rabbit's pocket.

He 'low, "Ef I aint mighty much mistaken, Brer Rabbit, I year money rattlin'."

Brer Rabbit sorter grin slow en hole his head keerless.

He say, "'Taint nothin' much — des some small change w'at I bleedz ter take wid me in de case er needcessity."

Wid dat he drawed out a big han'ful er speeshy-dollars, en quarters, en sev'mpunces, en thrips, en all right spang-bang new. Hit shined in de sun twel it fair bline yo' eyes.

Brer Fox 'low, "Laws a massy, Brer Rabbit! I aint seed so much money sence I sole my watermillions las' year. Aint you skeered some un 'll fling you down en take it 'way fum you?"

Brer Rabbit say, "Dem w'at man 'nuff ter take it kin have it"; en he des strut 'long de road dar mo' samer dan one er dese yer milliumterry mens w'at got yaller stripes on der britches.

Brer Fox 'low, "Whar de name er goodness you git so much new speeshy, Brer Rabbit?"

Brer Rabbit say, "I git it whar dey make it at; dat whar I git it."

Brer Fox stop by de side er de road, en look 'stonish. He 'low, "Wharbouts does dey make dish yer speeshy at?"

Brer Rabbit say, "Fus' in one place en den in nudder. You got ter do like me, Brer Fox; you got ter keep yo' eye wide open."

Brer Fox 'low, "Fer massy sake, Brer Rabbit, tell me how I gwine ter fine de place."

He beg en he beg, Brer Fox did, en Brer Rabbit look at 'im hard, like he got some doubts on his mine. Den Brer Rabbit sot down by de side er de road en mark in de san' wid his walkin' cane.

Bimeby he say, "Well, s'posin' I tell you, you'll go blabbin' it roun' de whole neighborhoods, en den dey 'll git it all, en we won't git none 't all."

But Brer Fox des vow en 'clar' ter gracious dat he won't tell a livin' soul, en den ole Brer Rabbit sorter bent hisse'f back en cle'r up his th'oat.

He say, "'Taint much atter you fine it out, Brer Fox; all you got ter do is ter watch de road twel you see a waggin come 'long. Ef you'll look right close, you'll see dat de waggin, ef hit's de right kind er waggin, is got two front wheels en two behime wheels; en you'll see fuddermo' dat de front wheels is lots littler dan de behime wheels. Now, w'en you see dat, w'at is you bleedz ter b'lieve?"

Brer Fox study little w'ile, en den shuck his head. He 'low, "You too much fer me, Brer Rabbit."

Brer Rabbit look like he feel sorry kaze Brer Fox sech a numbskull. He say, "W'en you see dat, you bleedz ter b'lieve dat atter so long a time de big wheel gwine ter ketch de little one. Yo' common sense ought ter tell you dat."

"Mark in de san' wid his walkin' cane"

Brer Fox 'low, "Hit sholy look so."

Brer Rabbit say, "Ef you know dat de big wheel gwine ter ketch de little wheel, en dat bran new money gwine ter drap fum 'twix um w'en dey grind up agin wunner nudder, w'at you gwine do den?"

Still Brer Fox study, en shuck his head. Brer Rabbit look like he gittin' sick.

He say, "You kin set down en let de waggin go on by, ef you don't want no bran new money. Den agin, ef you want de money, you kin foller 'long en keep watch, en see w'en de behime wheels overtake de front uns en be on han' w'en de money starts ter drappin'."

Brer Fox look like he got de idee. He sorter laff.

Brer Rabbit say, "Nex' time you see a waggin gwine by, Brer Fox, des holler fer me ef you don't want ter take no chances. Des bawl out! I aint got 'nuff speeshy, en I aint gwine ter have 'nuff."

Brer Fox, he broke off a broom straw en 'gun ter chaw on it, en des 'bout dat time, dey year a waggin comin' 'crosst de hill.

Brer Rabbit 'low, "Des say de word, Brer Fox, en ef you aint gwine 'long atter de waggin, I'll go myse'f!"

Brer Fox say, "Maybe de wheels done grinded tergedder back yonder a piece."

Brer Rabbit 'low, "I aint got time ter 'spute, Brer Fox. Ef you aint gwine, des say de word!"

Brer Fox sorter laff like he shame. He say, "I b'lieve I'll go a little piece er de way en see how de wheels run."

Wid dat, Brer Rabbit wish Brer Fox good luck, en went on 'bout his business. Yit he aint go so fur dat he can't watch Brer Fox's motions. At de rise er de nex' hill he look back, en dar he see Brer Fox trottin' 'long atter de waggin. W'en he see dat, Brer Rabbit des lay down in de grass en kick up his heels en holler.

Well, honey, said Uncle Remus, he des foller 'long, trottin' en gallopin', waitin' fer de wheels ter ketch up wid wunner nudder. Ef he aint in Massasip by dis time, I'm mighty much mistaken.

7

Little Mr. Cricket

MR. CRICKET aint so mighty big, but he big 'nuff fer ter make a heap er fuss in de worril. Dis Mr. Cricket aint never had no chance fer ter live in no chimbly-jam. He stayed out in de bushes en de high grass, en he didn't do nothin' in de roun' worril but play on his fife en his fiddle. W'en he got tired er one, he'd tu'n ter de udder.

Little Mr. Cricket went on dis-a-way twel de cool nights en days 'gun ter come on, en sometimes he hatter wa'm hisse'f by gittin' und' a clump er grass. But he very cheerful; he aint drapped no sobs en he aint shed no sighs, en he kep' on a-flutin' en a-fid-dlin'.

One day w'en de sun wuz shinin' kinder thankful-like, he clumb on top er de tall grass en fiddled 'way like somebody wuz fryin' meat. He year someone comin', en he look right close en lo beholes! it wuz ole Brer Fox. He 'low, "Hello, Brer Fox! Whar you gwine?"

Brer Fox kinder pull hisse'f up en ax, "Who dat?"

Little Mr. Cricket say, "Hit aint nobody in de roun' worril but me. I know I aint much, but I'm mighty lively w'en de sun shines hot. Whar you gwine, Brer Fox?"

Brer Fox, he say, "I'm gwine whar I'm gwine, dat's whar I'm gwine, en I wouldn't be too much 'stonished ef I wuz ter lan' in town fer ter git my dinner. I useter be a rover in my young days, en I'm still a-rovin'."

"Well, well!" sez little Mr. Cricket, sezee. "We all goes de way we're pushed by mine er han', en it takes a mighty little shove fer ter sen' us de way we're gwine. I useter belong ter de rover fambly myse'f, but now I done settle down en don't do a thing in de worril but have my own fun in my own way en time. But sence I seed you en year you talk so gaily, I done tuck a notion ter take dinner in town myse'f."

Brer Fox 'low, "How you git dar, little fr'en'?"

Mr. Cricket say, "Aint you never watched my motions? I got legs en feet, en I done kotch de jumpin' habit fum ole Cousin Grasshopper. W'at time you speck fer ter git ter town?"

Brer Fox 'spon', "Gimme two good hours, en I'll be right dar wid my appetite wid me."

Little Mr. Cricket seem like he wuz 'stonished. He helt up all his han's en mighty nigh all his foots. "Two hours! Well, by de time you git dar, I'll done bin had my dinner en ready fer ter take my nap."

Brer Fox grin at 'im en 'low, "Ef you'll beat me so much ez ten inches, I'll pervide yo' dinner en let you choosen yo' own provender. Ef I beat you, why den you'll hatter pervide de dinner — a half-grown lamb en a sucklin' shoat."

Little Mr. Cricket say he'll be mo' dan glad fer ter fill out dat progrance. En den Brer Fox atter grinnin' agin started off in a lope. But des 'fo' Brer Fox make his start, little Mr. Cricket made his; he tuck a flyin' jump en lan' on Brer Fox big, bushy tail, en dar he stayed.

W'en Brer Fox had bin gwine a little mo' dan n'our, he meet Brer Rabbit on de road, en dey how-died. Brer Fox laff en up en tell Brer Rabbit 'bout de race 'twix' 'im en Mr. Cricket. Ole Brer Rabbit, he roll his eyeballs; he do so funny dat Brer Fox ax 'im w'at de nation is de matter wid 'im.

Brer Rabbit say he wuz des thinkin' how Brer Fox ud feel fer ter fine Mr. Cricket dar 'fo' 'im. Brer Rabbit 'low, "De cute little creetur passed me on de road a quarter n'our 'go. Ef youer gwine ter git dar 'head un 'im, you'll hatter whip up yo' hosses. W'at you bin doin' all dis time? You must 'a' fell 'sleep en didn't know it."

Brer Fox pant en 'low, "No, Suh, I bin comin' full tilt all de time."

Brer Rabbit 'spon', "Den all I got fer ter say is dat Mr. Cricket is got a mighty knack fer gittin' over groun'. I speck he done git dar by dis time."

"Ef he aint," sez Brer Fox, sezee, "I'll ketch 'im," en wid dat he put out en went des ez hard ez he kin. But fas' ez he went, Mr. Cricket wuz gwine des ez fas'. I dunno but w'at he had gone fas' 'sleep in de sof' bed whar he wuz hidin' at.

W'en Brer Rabbit see Brer Fox men' his gait, he des roll over en waller in de san' en laff fit ter kill.

"I bin comin' full tilt"

He say ter hisse'f, "I'm mighty glad I met my ole fr'en kaze now I know dat all de fools aint dead—en long may dey live fer ter gimme sumpin ter do. I dunno how in de wide worril I'd git 'long widout um. Dey keeps me fat en sassy whedder craps is good er not." Kaze w'en Brer Rabbit wuz lookin' Brer Fox over, his eye fell on little Mr. Cricket, en dis w'at make he roll hit so.

Well, de upshot er de whole business wuz dat w'en Brer Fox git ter town, Mr. Cricket tuck a flyin' jump en holler out, "Heyo, Brer Fox. Whar you bin all dis time? You must 'a' stopped some'rs on de road fer ter git yo' dinner; en I'm sorry too. I done bin had mine so long dat I'm e'en 'bout ready en willin' fer ter eat agin. I had de idee fum w'at you said dat you wuz gwine ter come on ez hard ez you could. You must 'a' stopped on de way en had a confab wid Brer Rabbit. I met 'im on de way, en hit look ter me dat he wuz ready fer ter pass de time er day wid anybody dat come 'long."

Brer Fox look like he wuz 'stonished. He say, "How in de worril did you git yer so quick, Mr. Cricket?"

Mr. Cricket, he make answer: "I kin hardly tell you, Brer Fox. You know how I travels — wid a hop, skip, en jump — well, I hopped, skipped, en jumped a little quicker dis time, en got yer all safe en soun'. W'en ole 'quaintances holler at me on de road, I des kep' on a-gwine. I done foun' out long 'go dat de way fer ter git anywhar is ter go on whar you gwine."

Brer Fox shuck his head, en panted, en he run his han' in his pocket en paid fer Mr. Cricket's dinner; en den atter dinner Mr. Cricket sot back en tuck a chaw terbarker en wa'med hisse'f in de sun.

8

Why Miss Goose Roosts High

DESE yer gooses is mighty kuse fowls; deyer mighty kuse. In ole times dey wuz 'mongst de big-bugs, en in dem days, w'en ole Miss Goose gun a-dinin', all de quality wuz dar. Likewise, en needer wuz dey stuck-up, kaze wid all der kyar'n's on, Miss Goose weren't too proud fer ter take in washin' fer de neighborhoods, en she make money, en get slick en fat.

Dis de way marters stan' w'en one day Brer Fox en Brer Rabbit, dey wuz settin' up at de cotton-patch, one on one side de fence, en t'udder one on t'udder side, gwine on wid wunner nudder, w'en fus' news dey know, dey year sumpin — *blim, blim, blim!*

Brer Fox, he ax w'at dat fuss is, en Brer Rabbit, he up'n 'spon' dat it's ole Miss Goose down at de spring. Den Brer Fox, he up'n ax w'at she doin', en Brer Rabbit, he say, sezee, dat she battlin' cloze. Dese times, dey rubs cloze on dese yer bodes w'at got furrers in um, but dem days dey des tuck'n tuck de cloze en lay um out on a bench, en ketch holt er de battlin'-stick en natchully paddle de fillin' outen um.

W'en Brer Fox year dat ole Miss Goose wuz down dar dabblin' in soapsuds en washin' cloze, he sorter lick he chops, en 'low dat some er dese odd-come-shorts he gwine ter call en pay he 'specks. De minute he say dat, Brer Rabbit, he know sumpin wuz up, en he 'low ter hisse'f dat he speck he better whirl in en have some fun w'iles it gwine on. Bimeby Brer Fox up'n say ter Brer Rabbit, dat he bleedz ter be movin' 'long todes home, en wid dat dey bofe say good-bye.

Brer Fox, he put out ter whar his fambly wuz, but Brer Rabbit, he slip roun', he did, en call on ole Miss Goose. Ole Miss Goose she wuz down at de spring, washin', en b'ilin', en battlin' cloze; but Brer Rabbit he march up en ax 'er howdy, en den she tuck'n ax Brer Rabbit howdy.

"I'd shake han's 'long wid you, Brer Rabbit," sez she, "but dey er all full er suds," sez she.

"No marter 'bout dat, Miss Goose," sez Brer Rabbit, sezee, "so long ez yo' will's good," sezee.

Atter ole Miss Goose en Brer Rabbit done pass de time er day wid wunner nudder, Brer Rabbit, he ax 'er, he did, how she come on dese days, en Miss Goose say, mighty po'ly.

"I'm gittin' stiff en I'm gittin' clumpsy," sez she, "en mo'n dat I'm gittin' bline," sez she. "Des 'fo' you happen 'long, Brer Rabbit, I drap my specks in de tub yer, en ef you'd 'a' come 'long 'bout dat time," sez ole Miss Goose, sez she, "I lay I'd er tuck you for dat nasty, owdacious Brer Fox, en it 'ud er bin a born blessin' ef I hadn't er scald you wid er pan er b'ilin' suds," sez she. "I'm dat glad I foun' my specks I dunner w'at ter do," sez ole Miss Goose, sez she.

Den Brer Rabbit, he up'n say dat bein's how Sis Goose done fotch up Brer Fox name, he got sumpin fer ter tell 'er, en den he let out 'bout Brer Fox gwine ter call on 'er.

"He comin'," sez Brer Rabbit, sezee; "he comin' sho', en w'en he come hit'll be des 'fo' day," sezee.

Wid dat, ole Miss Goose wipe 'er han's on 'er apun, en put 'er specks up on 'er forrerd, en look like she done got trouble in 'er mine.

"Laws-a-massy!" sez she, "s'posin' he come, Brer Rabbit! W'at I gwine do? En dey aint a man 'bout de house, needer," sez she.

Den Brer Rabbit, he shot one eye, en he say, sezee:

"Sis Goose, de time done come w'en you bleedz ter roos' high. You look like you got de dropsy," sezee; "but don't mine dat, kaze ef you don't roos' high, youer goner," sezee.

Den ole Miss Goose ax Brer Rabbit w'at she gwine do, en Brer Rabbit he up en tell Miss Goose dat she mus' go home en tie up a bun'le er de w'ite folks cloze, en put um on de bed, en den she mus' fly up on a rafter, en let Brer Fox grab de cloze en run off wid um.

Ole Miss Goose say she much 'blije, en she tuck'n tuck 'er things en waddle off home, en dat night she do like Brer Rabbit say wid de bun'le er cloze, en den she sont word ter Mr. Dog, en Mr. Dog he come down, en say he'd sorter set up wid 'er.

Des 'fo' day, yer come Brer Fox creepin' up, en he went en push on de do' easy, en de do' open, en he see sumpin w'ite on de bed w'ich he took fer Miss Goose, en he grab it en run. 'Bout dat time Mr. Dog sail out fum und' de house, he did, en ef Brer Fox hadn't drapped de cloze, he'd er got kotch. Fum dat, word went roun' dat Brer Fox bin tryin' ter steal Miss Goose cloze, en he come mighty nigh losin' his stannin' at Miss Meadows'. Down ter dis day, Uncle Remus continued, Brer Fox b'lieve dat Brer Rabbit wuz de 'casion er Mr. Dog bein' in de neighborhoods at dat time er night, en Brer Rabbit aint 'spute it. De bad feelin' 'twix' Brer Fox en Mr. Dog start right dar, en hits agwine on twel now dey aint git in smellin' distuns en wunner nudder widout dey's a row.

9

The Laughing Place

HIT SEEM like dat one time de creeturs got ter 'sputin' 'mongst deyse'fs ez ter w'ich un kin laff de loudes'. One word fotch on nudder twel it look like dey wuz gwineter be a free fight, a rumpus, en a riot. Dey showed der claws en tushes, en shuck der hawns, en rattle der hoof. Dey had der bristles up, en it look like der eyes wuz runnin' blood dey got so red.

Des 'bout de time w'en it look like you can't keep um 'part, little Miss Squinch Owl flewed up a tree en 'low, "You all dunner w'at laffin' is — *ha-ha-ha-ha!* You can't laff w'en you try ter laff — *ha-ha-ha-haha*!" De creeturs wuz 'stonished. Yer wuz a little fowl not much bigger dan a jay-bird laffin' 'erse'f bline w'en dey wan't a thing in de roun' worril fer ter laff at. Dey stop der quoilin' atter dat en look at wunner nudder. Brer Bull say, "Is anybody ever year de beat er dat? Who mought de lady be?" Dey all say dey dunno, en dey all got a mighty good reason fer der sesso, kaze Miss Squinch Owl, she flies at night wid de bats en de Betsy Bugs.

Well, dey quit der quoilin', de creeturs did, but dey still had der 'spute; de comin' er Miss Squinch Owl aint settle dat. So dey 'gree dat dey'd meet some'rs w'en de wedder got better, en try der han' at laffin' fer ter see w'ich un kin outdo de udder.

Dey say dey wuz gwineter make trial fer ter see w'ich un is de out-laffines' er de whole caboodle, en dey name de day, en all prommus fer ter be dar, 'ceppin' Brer Rabbit, en he 'low dat he kin laff well 'nuff fer ter suit hisse'f en his fambly, 'sides dat, he don't keer 'bout laffin' less'n dey's sumpin fer ter laff at. De udder creeturs dey beg 'im fer ter come, but he shake his head en wiggle his mustarsh, en say dat w'en he wanter laff, he got a laffin'-place fer ter go ter whar he won't be pestered by de balance er creation. He say he kin go dar en laff his fill, en den go on 'bout his business, ef he got any business, en ef he aint got none, he kin go ter play.

De udder creeturs aint know w'at ter make er all dis, en dey wonder en wonder how Brer Rabbit kin have a laffin'-place en dey aint got none. W'en dey ax 'im 'bout it, he 'spon', he did, dat he speck 'twuz des de diffunce 'twix' one creetur en nudder. He ax um fer ter look at folks, how diffunt dey wuz, let 'lone creeturs. One man'd be rich en nudder man po', en he ax how come dat.

Well, suh, dey des natchully can't tell 'im w'at make de diffunce 'twix' folks no mo' dan dey kin tell 'im de diffunce 'twix' de creeturs. Dey wuz stumped; dey done fergit all 'bout de trial w'at wuz ter come off, but Brer Rabbit fotch um back ter it. He say dey aint no needs fer ter see w'ich kin outdo de balance un um in de laffin' business, kaze anybody w'at got any sense know dat de donkey is a natchul laffer, same ez Brer Coon is a natchul pacer.

Brer B'ar look at Brer Wolf, en Brer Wolf look at Brer Fox, en dey all look at wunner nudder. Brer Bull, he say, "Well, well, well!" en den he groan; Brer B'ar say, "Who'd 'a' thunk it?" en den he growl; en Brer Wolf say, "Gracious me!" en den he howl. Atter dat, dey aint say much, kaze dey aint much fer ter say. Dey des stan' roun' en look kinder sheepish. Dey aint 'spute wid Brer Rabbit, dough dey'd 'a' like ter 'a' done it, but dey sot 'bout en make marks in de san' des like you see folks do w'en deyer tryin' fer ter git der thinkin' machine ter wuk.

Well, suh, dar dey sot en dar dey stood. Dey ax Brer Rabbit how he know how ter fine his laffin'-place, en how he know it wuz a laffin'-place atter he got dar. He tap hisse'f on de head, he did, en 'low

"He tap hisse'f on de head"

dat dey wuz a heap mo' und' his hat dan w'at you could git out wid a fine-toof comb. Den dey ax ef dey kin see his laffin'-place, en he say he'd take de idee ter bed wid 'im en study 'pun it, but he kin say dis much right den, dat ef he did let um see it, dey'd hatter go dar one at er time, en dey'd hatter do des like he say; if dey don't dey'll git de notion dat hit's a cryin'-place.

Dey 'gree ter dis, de creeturs did, en den Brer Rabbit say dat w'ile deyer all tergedder, dey better choosen 'mongst deyse'f w'ich un uv um wuz gwine fus', en he'd choosen de res' w'en de time come. Dey jowered en jowered, en bimeby, dey hatter leave it all ter Brer Rabbit. Brer Rabbit, he put his han' ter his head, en shot his eyeballs en do like he studyin'. He say, "De mo' I think 'bout who'll be de fus' one, de mo' I git de idee dat it oughter be Brer Fox. He bin yer long ez anybody, en he's perty well thunk uv by de neighbors — I aint never year nobody breave a breff agin 'im."

Dey all say dat dey had Brer Fox in mine all de time, but somehow dey can't come right out wid his name, en dey vow dat ef dey had 'greed on somebody, dat somebody ud sho' 'a' bin Brer Fox. Den atter dat 'twuz all plain sailin'. Brer Rabbit say he'd meet Brer Fox at sech en sech a place, at sech en sech a time, en atter dat dey wan't no mo' ter be said. De creeturs all went ter de place whar dey live at, en done des like dey allers done.

Brer Rabbit make a soon start fer ter go ter de p'int whar he prommus ter meet Brer Fox, but soon's he wuz, Brer Fox wuz dar 'fo' 'im. Hit seem like he wuz so much in de habits er bein' outdone by Brer Rabbit dat he can't do widout it. Brer Rabbit bow, he did, en pass de time er day wid Brer Fox, en ax 'im how his fambly wuz. Brer Fox say dey wuz peart ez kin be, en den he 'low dat he ready en a-waitin' fer ter go en see dat great laffin'-place w'at Brer Rabbit bin talkin' 'bout.

Brer Rabbit say dat suit 'im ter a gnat's heel, en off dey put. Bimeby dey come ter one er dese yer cle'r places dat you sometimes see in de middle uv a pine thicket. You may ax yo'se'f how come dey don't no trees grow dar w'en dey's trees all roun', but you aint gwineter git no answer, en needer is dey anybody w'at kin tell you. Dey got dar, dey did, en den Brer Rabbit make a halt. Brer Fox 'low, "Is dis de place? I don't feel no mo' like laffin' now dan I did 'fo' I come."

Brer Rabbit, he say, "Des keep yo' jacket on, Brer Fox. Ef you git in too big a hurry hit might come off. We done come mighty nigh ter de place, en ef you wanter do some ole-time laffin', you'll hatter do des like I tell you. Ef you don't wanter laff, I'll des show you de place, en we'll go on back whar we come fum, kaze dis is wunner de days dat I aint got much time ter was'e laffin' er cryin'."

Brer Fox 'low dat he aint so mighty greedy ter laff, en wid dat Brer Rabbit whirl roun', he did, en make out he gwine on back whar he live at. Brer Fox holler at 'im. He say, "Come on back, Brer Rabbit; I'm des a-projickin' wid you."

"Ef you wanter projick, Brer Fox, you'll hatter go home en projick wid dem w'at wanter be projicked wid. I aint yer kaze I wanter be yer. You ax me fer ter show you my laffin'-place, en I 'greed. I speck we better be gwine on back."

Brer Fox say he come fer ter see Brer Rabbit's laffin'-place, en he aint gwineter be satchify twel he see it. Brer Rabbit 'low dat ef dat de case, den he mus' ack de gentermun all de way thoo en quit his behavishness. Brer Fox say he'll do de bes' he kin, en den Brer Rabbit show 'im a place whar de bamboo briars, en de black-be'y bushes, en de honeysuckles done start ter come in de pine thicket, en can't come no fudder. 'Twant no thick place; 'twuz des whar de swamp at de foot er de hill petered out in tryin' ter come ter dry lan'. De bushes en vines wuz thin en scanty, en ef dey could 'a' talked, dey'd 'a' hollered 'loud fer water.

Brer Rabbit show Brer Fox de place, en tell 'im dat de game is fer ter run full tilt thoo de vines en bushes, en den run back, en thoo um agin en back, en he say he'd bet a plug er terbarker agin a ginger cake dat by de time Brer Fox done did he'd be dat tickled dat he can't stan' up fer laffin'. Brer Fox shuck his head; he aint nigh b'lieve it, but fer all dat he make up his mine fer ter do w'at Brer Rabbit say, spite er de fack dat his ole 'oman done tell 'im 'fo' he lef' home dat he better keep his eye open kaze Brer Rabbit gwineter run a rig on 'im. He tuck a runnin' start, he did, en he went thoo de bushes en de vines like he wuz runnin' a race. He run en he come back a-runnin', en he run back, en dat time he struck sumpin wid his head. He try ter dodge, but he seed it too late, en he wuz gwine too fas'. He struck it, he did, en time he do dat he fetched a howl dat you might 'a' hearn a mile, en atter dat he hollered *yap, yap, yap,* en *ouch, ouch, ouch,* en *yow, yow, yow,* en w'iles dis wuz gwine on

"He struck sump'n wid his head"

Brer Rabbit wuz thumpin' de groun' wid his behime foot en laffin' fit ter kill. Brer Fox run roun' en roun' en keep on snappin' at hisse'f en doin' like he wuz tryin' fer ter t'ar his hide off. He run, en he roll, en waller, en holler, en fall, en squall twel it look like he wuz havin' forty-leb'm duck fits. He got still atter while, but de mo' stiller he got, de wuss he looked. His head wuz all swell up, en he look like he bin run over in de road by a fo'-mule waggin.

Brer Rabbit 'low, "I'm glad you had sech a good time, Brer Fox. I'll hatter fetch you out agin. You sho' done like you wuz havin' fun." Brer Fox aint say a word; he wuz too mad fer ter talk. Brer Rabbit 'low, "You ripped roun' in dar twel I wuz skeered you wuz gwine ter hu't yo'se'f, en I b'lieve in my soul you done gone en bump yo' head agin a tree kaze hit's all swell up. You better go home, Brer Fox, en let yo' ole 'oman poultice you up."

Brer Fox show his tushes en say, "You said dis wuz a laffin'-place."

Brer Rabbit 'low, "I said 'twuz *my* laffin'-place, en I'll say it agin. W'at you reckon I bin doin'? I year you makin' a mighty fuss in dar, en I say ter myse'f dat Brer Fox is havin' a mighty big time."

"I let you know dat I aint bin laffin'," sez Brer Fox, sezee.

Uncle Remus paused and waited to be questioned. What was the matter with the Fox if he wasn't laughing? the little boy asked after a thoughtful moment.

Uncle Remus flung his head back and cried out in a sing-song tone:

He run ter de Eas', en he run ter de Wes'
En he jammed his head in a hornets' nes'!

10

The Wonderful Tar-Baby

DIDN'T the fox ever catch the rabbit, Uncle Remus? asked the little boy the next evening.

He come mighty nigh it, honey, sho's you bawn – Brer Fox did. One day Brer Fox went ter wuk en got 'im some tar, en mix it wid some turkentime, en fix up a contraption w'at he call a Tar-Baby, en he tuck dish yer Tar-Baby en he sot 'er in de big road, en den he lay off in de bushes fer to see w'at de news wuz gwineter be. En he didn't hatter wait long, needer, kaze bimeby yer come Brer Rabbit pacin' down de road – *lippity-clippity, clippity-lippity* – des ez sassy ez a jay-bird. Brer Fox, he lay low. Brer Rabbit come prancin' 'long twel he spy de Tar-Baby, en den he fotch up on his behime legs like he wuz 'stonished. De Tar-Baby, she sot dar, she did, en Brer Fox, he lay low.

"Mawnin'!" sez Brer Rabbit, sezee – "nice wedder dis mawnin'," sezee.

Tar-Baby aint sayin' nothin', en Brer Fox, he lay low.

"A contraption w'at he call a Tar-Baby"

"How does yo' sym'toms seem ter segashuate?" sez Brer Rabbit, sezee.

Brer Fox, he wink his eye slow, en lay low, en de Tar-Baby, she aint sayin' nothin'.

"How you come on, den? Is you deaf?" sez Brer Rabbit, sezee. "Kaze if you is, I kin holler louder," sezee.

Tar-Baby stay still, en Brer Fox, he lay low.

"Youer stuck up, dat's w'at you is," sez Brer Rabbit, sezee, "en I'm gwineter kyore you, dat's w'at I'm a-gwineter do," sezee.

Brer Fox, he sorter chuckle in his stomach, he did, but Tar-Baby aint sayin' nothin'.

"I'm gwineter larn you how ter talk ter 'spectable folks ef hit's de las' ack," sez Brer Rabbit, sezee. "Ef you don't take off dat hat en tell me howdy, I'm gwineter bus' you wide open," sezee.

"Youer stuck up"

Tar-Baby stay still, en Brer Fox, he lay low.

Brer Rabbit keep on axin' 'im, en de Tar-Baby, she keep on sayin' nothin', twel present'y Brer Rabbit draw back wid his fis', he did, en *blip* he tuck 'er side er de head. Right dar's whar he broke his merlasses jug. His fis' stuck, en he can't pull loose. De tar hilt 'im. But Tar-Baby, she stay still, en Brer Fox, he lay low.

"Ef you don't lemme loose, I'll knock you agin," sez Brer Rabbit, sezee, en wid dat he fotch 'er a wipe wid de udder han', en dat stuck. Tar-Baby, she aint sayin' nothin', en Brer Fox, he lay low.

"Tu'n me loose, fo' I kick de natal stuffin' outen you," sez Brer Rabbit, sezee, but de Tar-Baby, she aint sayin' nothin'. She des hilt on, en den Brer Rabbit lose de use er his foots in de same way. Brer

Fox, he lay low. Den Brer Rabbit squall out dat ef de Tar-Baby don't tu'n 'im loose he butt 'er crank-sided. En den he butted, en his head got stuck. Den Brer Fox, he sa'ntered fort', lookin' des ez innercent ez one er yo' mammy's mockin'-birds.

"Howdy, Brer Rabbit," sez Brer Fox, sezee. "You look sorter stuck up dis mawnin'," sezee, en den he rolled on de groun', en laffed en laffed twel he couldn't laff no mo'.

"Laffed en laffed twel he couldn't laff no mo'."

11

The Briar Patch

UNCLE REMUS, asked the little boy the next evening, did the fox kill and eat the rabbit when he caught him with the Tar-Baby?

Law, honey, w'at I tell you w'en I fus' begin? I tole you Brer Rabbit wuz a monstus soon creetur — leas'ways dat's w'at I laid out fer ter tell you. Well den, honey, don't you go en make no calkalations, kaze in dem days Brer Rabbit en his fambly wuz at de head er de gang w'en any racket wuz on han', en dar dey stayed. 'Fo' you begins fer ter wipe yo' eyes 'bout Brer Rabbit, you wait en see whar'bouts Brer Rabbit gwineter fetch up at.

W'en Brer Fox fine Brer Rabbit mixed up wid de Tar-Baby, he feel mighty good, en he roll on de groun' en laff. Bimeby he up'n say, sezee:

"Well, I speck I got you dis time, Brer Rabbit, sezee; "maybe I aint, but I speck I is. You bin runnin' roun' here sassin' atter me a mighty long time, but I speck you done come ter de een' er de row.

"Well, I speck I got you dis time"

You bin cuttin' up yo' capers en bouncin' roun' in dis neighborhood twel you come ter b'lieve yo'se'f de boss er de whole gang. En den youer allers some'rs whar you got no business," sez Brer Fox, sezee. "Who ax you fer ter come en strike up a 'quaintance wid dish yer Tar-Baby? En who stuck you up dar whar you is? Nobody in de roun' worril. You des tuck en jam yo'se'f on dat Tar-Baby widout waitin' fer any invite," sez Brer Fox, sezee, "en dar you is, en dar you'll stay twel I fixes up a bresh-pile en fires her up, kaze I'm gwineter bobbycue you dis day, sho," sez Brer Fox, sezee.

Den Brer Rabbit talk mighty 'umble.

"I don't keer w'at you do wid me, Brer Fox," sezee, "so you don't fling me in dat briar-patch. Roas' me, Brer Fox," sezee, "but don't fling me in dat briar-patch," sezee.

"Hit's so much trouble fer ter kin'le a fire," sez Brer Fox, sezee, "dat I speck I'll hatter hang you," sezee.

"Hang me des ez high ez you please, Brer Fox," sez Brer Rabbit, sezee, "but do fer de Lord's sake don't fling me in dat briar-patch," sezee.

"I aint got no string," sez Brer Fox, sezee, "en now I speck I'll hatter drown you," sezee.

"Drown me des ez deep ez you please, Brer Fox," sez Brer Rabbit, sezee, "but do don't fling me in dat briar-patch," sezee.

"Dey aint no water nigh," sez Brer Fox, sezee, "en now I speck I'll hatter skin you," sezee.

"Skin me, Brer Fox," sez Brer Rabbit, sezee, "snatch out my eyeballs, t'ar out my years by de roots, en cut off my legs," sezee, "but do please, Brer Fox, don't fling me in dat briar-patch," sezee.

Co'se Brer Fox wanter hu't Brer Rabbit bad ez

"Bimeby he year somebody call 'im"

he kin, so he kotch 'im by de behime legs en slung 'im right in de middle er de briar-patch. Dar wuz a consider'ble flutter whar Brer Rabbit struck de bushes, en Brer Fox sorter hang roun' fer ter see w'at wuz gwineter happen. Bimeby he year somebody call 'im, en way up de hill he see Brer Rabbit settin' cross-legged on a chinkapin log combin' de pitch outen his ha'r wid a chip. Den Brer Fox know dat he bin swop off mighty bad. Brer Rabbit wuz bleedz fer ter fling back some er his sass, en he holler out:

"Bred en bawn in a briar-patch, Brer Fox — bred en bawn in a briar-patch!" en wid dat he skip out des ez lively ez a cricket in de embers.

12

Saddle and Bridle

THE next evening when the little boy had finished supper and hurried out to sit with his venerable patron, he found the old man in great glee — talking and laughing to himself. The truth is, Uncle Remus had heard the child coming, and was engaged in a monologue, the burden of which seemed to be:

> "Ole Molly Har',
> W'at you doin' dar,
> Settin' in de cornder
> Smokin' yo' seegyar?"

As a matter of course this vague allusion reminded the little boy of the fact that the wicked Fox was still in pursuit of the Rabbit, and he immediately put his curiosity in the shape of a question.

Uncle Remus, did the Rabbit have to go clean away when he got loose from the Tar-Baby?

Bless gracious, honey, dat he didn't. Who? 'im? You dunno nothin' 'tall 'bout Brer Rabbit ef dat's de way you puttin' 'im down. W'at he gwine 'way fer? He moughter stayed sorter close twel de pitch rub off'n his ha'r, but 'tweren't many days 'fo' he wuz lopin' up en down de neighborhood same ez ever, en I dunno ef he weren't mo' sassier dan 'fo'.

Seem like dat de tale 'bout how he got mixed up wid de Tar-Baby got roun' 'mongst de neighbors. Leas'ways, Miss Meadows en de gals got win' un' it, en de nex' time Brer Rabbit paid um a visit Miss Meadows tackled 'im 'bout it, en de gals sot up a monstus gigglement. Brer Rabbit, he sot up des ez cool ez a cowcumber, he did, en let 'em run on.

Who was Miss Meadows, Uncle Remus? inquired the little boy.

Don't ax me, honey. She wuz in de tale, Miss Meadows en de gals wuz, en de tale I give you like hit were gun ter me.

Brer Rabbit, he sot dar, he did, sorter lamb like, en den bimeby he cross his legs, he did, en wink his eye slow, en up and say, sezee:

"Ladies, Brer Fox wuz my daddy's ridin'-hoss fer thirty year; maybe mo', but thirty year dat I knows un," sezee. Den he paid um his 'specks, en tip his beaver, en march off, he did, des ez stiff en ez stuck up ez a fire-stick.

Nex' day, Brer Fox come a-callin', en w'en he 'gun fer ter laff 'bout Brer Rabbit, Miss Meadows en de gals dey ups en tells 'im 'bout w'at Brer Rabbit say. Den Brer Fox grit his tushes sho 'nuff, he did, en he look mighty dumpy, but w'en he riz fer ter go he up en say, sezee:

"Ladies, I ain't 'sputin' w'at you say, but I'll make Brer Rabbit chaw up his words en spit um out right

"Brer Fox knock"

yer whar you kin see 'im," sezee, en wid dat off Brer Fox put.

En w'en he got in de big road, he shuck de dew off'n his tail, en made a straight shoot fer Brer Rabbit's house. W'en he got dar, Brer Rabbit wuz 'spectin' un 'im, en de do' wuz shet fas'. Brer Fox knock. Nobody aint answer. Brer Fox knock. Nobody answer. Den he knock agin — *blam! blam!* Den Brer Rabbit holler out mighty weak:

"Is dat you, Brer Fox? I want you ter run en fetch de doctor. Dat bait er pusly w'at I e't dis mawnin' is gittin' 'way wid me. Do, please, Brer Fox, run quick," sez Brer Rabbit, sezee.

"I come atter you, Brer Rabbit," sez Brer Fox, sezee. "Dar's gwineter be a party up at Miss Meadows's," sezee. "All de gals'll be dar, en I prommus dat I'd fetch you. De gals, dey 'lowed dat hit wouldn't be no party 'ceppin' I fotch you," sez Brer Fox, sezee.

Den Brer Rabbit say he wuz too sick, en Brer Fox say he wuzzent, en dar dey had it up en down, 'sputin' en contendin'. Brer Rabbit say he can't walk. Brer Fox say he tote 'im. Brer Rabbit say how? Brer Fox say in his arms. Brer Rabbit say he drap 'im. Brer Fox 'low he won't. Bimeby Brer Rabbit say he go ef Brer Fox tote 'im on his back. Brer Fox say he would. Brer Rabbit say he can't ride widout a saddle. Brer Fox say he git de saddle. Brer Rabbit say he can't set in saddle 'less he have bridle fer ter hole by. Brer Fox say he git de bridle. Brer Rabbit say he can't ride widout bline bridle, kaze Brer Fox be shyin' at stumps 'long de road, en fling 'im off. Brer Fox say he git bline bridle. Den Brer Rabbit say he go. Den Brer Fox say he ride Brer Rabbit mos' up ter Miss Meadows's, en den he could git down en walk de balance er de way. Brer Rabbit 'greed, en den Brer Fox lipt out atter de saddle en de bridle.

Co'se Brer Rabbit know de game dat Brer Fox wuz fixin' fer ter play, en he 'termin' fer ter outdo 'im, en by de time he comb his h'ar en twis' his mustarsh, en sorter rig up, yer come Brer Fox, saddle en bridle on, en lookin' ez peart ez a circus pony. He trot up ter de do' en stan' dar pawin' de groun' en chompin' de bit same like sho 'nuff hoss, en Brer Rabbit he mount, he did, en dey amble off. Brer Fox can't see behime wid de bline bridle on, but bimeby he feel Brer Rabbit raise one er his foots.

"W'at you doin' now, Brer Rabbit?" sezee.

"Short'nin' de lef' stir'p, Brer Fox," sezee.

Bimeby Brer Rabbit raise up de udder foot.

"W'at you doin' now, Brer Rabbit?" sezee.

"Pullin' down my pants, Brer Fox," sezee.

All de time, bless gracious, honey, Brer Rabbit

"W'at you doin' now, Brer Rabbit?"

were puttin' on his spurrers, en w'en dey got close to Miss Meadows's, whar Brer Rabbit wuz to git off, en Brer Fox made a motion fer ter stan' still, Brer Rabbit slap de spurrers inter Brer Fox flanks, en you better b'lieve he got over groun'. W'en dey got ter de house, Miss Meadows en all de gals wuz settin' on de piazzer, en stidder stoppin' at de gate, Brer Rabbit rid on by, he did, en den come gallopin' down de road en up ter de hoss-rack, w'ich he hitch Brer Fox at, en den he santer inter de house, he did, en shake han's wid de gals, en set dar, smokin' his seegyar same ez a town man. Bimeby he draw in a long puff, en den let hit out in a cloud, en squar hisse'f back en holler out, he did:

"Ladies, aint I done tell you Brer Fox wuz de ridin-hoss fer our fambly? He sorter losin' his gait now, but I speck I kin fetch 'im all right in a mont' er so," sezee.

En den Brer Rabbit sorter grin, he did, en de gals giggle, en Miss Meadows, she praise up de pony, en dar wuz Brer Fox hitch fas' ter de rack, en couldn't he'p hisse'f.

13

Fox Atter 'Im, Buzzard Atter 'Im

"Tied 'im to de rack"

LEMME SEE, said Uncle Remus the next evening. I mos' dis'member wharbouts Brer Fox en Brer Rabbit wuz.

The rabbit rode the fox to Miss Meadows's and hitched him to the horse-rack, said the little boy.

"He lit en view de premusses"

W'y co'se he did, said Uncle Remus, co'se he did! Well, Brer Rabbit rid Brer Fox up, he did, en tied 'im ter de rack, en den sot out in the piazzer wid de gals a smokin' er his seegyar wid mo' proudness dan w'at you mos' ever see. Dey talk, en dey sing, en dey play on de pianner, de gals did, twel bimeby hit come time fer Brer Rabbit fer ter be gwine, en he tell um all good-by, en strut out ter de hoss-rack same's ef he wuz de king er de patter-rollers, en den he mount Brer Fox en ride off.

Brer Fox aint sayin' nothin' 'tall. He des rack off, he did, en keep his mouf shet, en Brer Rabbit knowed der wuz business cookin' up fer 'im, en he feel monstus skittish. Brer Fox amble on twel he git in de long lane, outer sight er Miss Meadows's house, en den he tu'n loose, he did. He rip en he r'ar, en he cuss en he swar; he snort en he cavort. But he des might ez well er wrastle wid his own shadder. Eve'y time he hump hisse'f Brer Rabbit slap de spurrers in 'im, en dar dey had it, up en down. Brer Fox fa'rly to' up de groun' he did, en he jump so high en he jump so quick dat he mighty nigh snatch his own tail off. Dey kep' on gwine on dis way twel bimeby Brer Fox lay down en roll over, he did, en dis sorter onsettle Brer Rabbit, but by de time Brer Fox got back on his footses agin, Brer Rabbit wuz gwine thoo de underbresh mo' samer dan a racehoss. Brer Fox he lit out atter 'im, he did, en he push Brer Rabbit so close dat it wuz 'bout all he could do fer ter git in a holler tree. Hole too little fer Brer Fox fer ter git in, en he hatter lay down en res' en gedder his mine tergedder.

While he wuz layin' dar, Mr. Buzzard come floppin' 'long, en seeing Brer Fox stretch out on de groun', he lit en view de premusses. Den Mr. Buzzard sorter shake his wing, en put his head on one side, en say to hisse'f like, sezee:

"Brer Fox dead, en I so sorry," sezee.

"No, I aint dead, needer," sez Brer Fox, sezee. "I got ole man Rabbit pent up in yer," sezee, "en I'm a gwineter git 'im dis time ef it take twel Christmas," sezee.

Den, atter some mo' palaver, Brer Fox make a bargain dat Mr. Buzzard wuz ter watch de hole, en keep Brer Rabbit dar wiles Brer Fox went atter his axe. Den Brer Fox, he lope off, he did, en Mr. Buzzard, he tuck up his stan' at de hole. Bimeby, w'en all git still, Brer Rabbit sorter scramble down close ter de hole, he did, en holler out:

"Brer Fox! Oh! Brer Fox!"

Brer Fox done gone, en nobody say nothin'. Den Brer Rabbit squall out like he wuz mad; sezee:

"You needn't talk less you wanter," sezee; "I knows youer dar, en I aint keerin'," sezee. "I des wanter tell you dat I wish mighty bad Brer Tukkey Buzzard wuz yer," sezee.

Den Mr. Buzzard try ter talk like Brer Fox:

"W'at you want wid Mr. Buzzard?" sezee.

"Oh, nothin' in 'tickler, 'cep' dere's de fattes' gray squir'l in yer dat eve' I see," sezee, "en ef Brer Tukkey Buzzard wuz roun' he'd be mighty glad fer ter git 'im," sezee.

"How Mr. Buzzard gwine ter git 'im?" sez de Buzzard, sezee.

"Well, dar's a little hole roun' on de udder side er de tree," sez Brer Rabbit, sezee, "en ef Brer Tukkey

Buzzard wuz yer so he could take up his stan' dar," sezee, "I'd drive dat squir'l out," sezee.

"Drive 'im out, den," sez Mr. Buzzard, sezee, "en I'll see dat Brer Tukkey Buzzard gits 'im," sezee.

Den Brer Rabbit kick up a racket, like he were drivin' sumpin out, en Mr. Buzzard he rush roun' fer ter ketch de squir'l, en Brer Rabbit, he dash out, he did, en he des fly fer home.

"He des fly fer home"

14

Eleven More Licks

EF I don't run inter no mistakes, remarked Uncle Remus, as the little boy came in to see him the next night, Mr. Tukkey Buzzard wuz gyardin' de holler whar Brer Rabbit went in at, en w'ich he come out un.

Well, Mr. Buzzard, he feel mighty lonesome, he did, but he done prommused Brer Fox dat he'd stay, en he 'termin' fer ter sorter hang roun' en jine in de joke. En he aint hatter wait long, nudder, kaze bimeby yer come Brer Fox gallopin' thoo de woods wid his axe on his shoulder.

"How you speck Brer Rabbit gittin' on, Brer Buzzard?" sez Brer Fox, sezee.

"Oh, he in dar," sez Brer Buzzard, sezee. "He mighty still, dough. I speck he takin' a nap," sezee.

"Den I'm des in time fer ter wake 'im up," sez Brer Fox, sezee. En wid dat he fling off his coat, en spit in his han's, en grab de axe. Den he draw back en come down on de tree — *pow!* En eve'y time he

"Oh, he in dar, Brer Fox"

come down wid de axe—*pow!*—Mr. Buzzard, he step high, he did, en holler out:

"Oh, he in dar, Brer Fox. He in dar, sho."

En eve'y time a chip ud fly off, Mr. Buzzard, he'd jump, en dodge, en hole his head sideways, he would, en holler:

"He in dar, Brer Fox. I done heerd 'im. He in dar, sho."

En Brer Fox, he lammed away at dat holler tree, he did, like a man maulin' rails, twel bimeby, atter he done got de tree mos' cut thoo, he stop fer ter ketch his bref, en he seed Mr. Buzzard laffin' behime his back, he did, en right den en dar, widout gwine any fudder, Brer Fox, he smelt a rat. But Mr. Buzzard, he keep on holler'n:

"He in dar, Brer Fox. He in dar, sho. I done seed 'im."

Den Brer Fox, he make like he peepin' up de holler, en he say, sezee:

"Run yer, Brer Buzzard, en look ef dis aint Brer Rabbit's foot hangin' down yer."

En Mr. Buzzard, he come steppin' up, he did, same ez ef he were treadin' on kurkle-burs, en he stick his head in de hole; en no sooner did he done dat dan Brer Fox grab 'im. Mr. Buzzard flap his wings, en scramble roun' right smartually, he did, but 'twant no use. Brer Fox had de 'vantage er de grip, he did, en he hilt 'im right down ter de groun'. Den Mr. Buzzard squall out, sezee:

"Lemme 'lone, Brer Fox. Tu'n me loose," sezee; "Brer Rabbit'll git out. Youer gittin' close at 'im," sezee, "en leb'm mo' licks'll fetch 'im," sezee.

"I'm nigher ter you, Brer Buzzard," sez Brer Fox, sezee, "dan I'll be ter Brer Rabbit dis day," sezee. "W'at you fool me fer?" sezee.

"Lemme 'lone, Brer Fox," sez Mr. Buzzard, sezee; "my ole 'oman waitin' fer me. Brer Rabbit in dar," sezee.

"Dar's a bunch er his fur on dat black-be'y bush," sez Brer Fox, sezee, "en dat aint de way he come," sezee.

Den Mr. Buzzard up'n tell Brer Fox how 'twuz, en he 'lowed, Mr. Buzzard did, dat Brer Rabbit wuz de lowdownest w'atsizname w'at he ever run up wid. Den Brer Fox say, sezee:

"Dat's needer yer ner dar, Brer Buzzard," sezee.

"I lef' you yer fer ter watch dish yer hole, en I lef' Brer Rabbit in dar. I comes back en I fines you at de hole en Brer Rabbit aint in dar," sezee. "I'm gwineter make you pay fer't. I done bin tampered wid twel plumb down ter de sap sucker'll set on a log en sassy me. I'm gwinter fling you in a bresh-heap en bu'n you up," sezee.

"Ef you fling me on der fire, Brer Fox, I'll fly 'way," sez Mr. Buzzard, sezee.

"Well, den, I'll settle yo' hash right now," sez Brer Fox, sezee, en wid dat he grab Mr. Buzzard by de tail, he did, en make fer ter dash 'im agin de

"Mr. Buzzard sail off"

groun', but des 'bout dat time de tail fedders come out, en Mr. Buzzard sail off like one er dese yer berloons; en ez he riz, he holler back:

"You gimme good start, Brer Fox," sezee, en Brer Fox sot dar en watch 'im fly outer sight.

15

Miss Cow and the Persimmon Tree

UNCLE REMUS, said the little boy, what became of the Rabbit after he fooled the Buzzard, and got out of the hollow tree?

Who? Brer Rabbit? Bless yo' soul, honey, Brer Rabbit went skippin' 'long home, he did, des ez sassy ez a jay-bird at a sparrer's nes'. He went gallopin' 'long, he did, but he feel mighty tired out, en stiff in his jints, en he wuz mighty nigh dead fer sumpin fer ter drink, en bimeby, w'en he got mos' home, he spied ole Miss Cow feedin' roun' in a fiel', he did, en he 'termin' fer ter try his han' wid 'er. Brer Rabbit know mighty well dat Miss Cow won't give 'im no milk, kaze she done 'fuse 'im mo'n once, en w'en his ole 'oman wuz sick, at dat. But nemmine dat. Brer Rabbit sorter dance up 'long side er de fence, he did, en holler out:

"Howdy, Sis Cow," sez Brer Rabbit, sezee.

"W'y, howdy, Brer Rabbit," sez Miss Cow, sez she.

"Howdy, Sis Cow"

"How you fine yo'se'f dese days, Sis Cow?" sez Brer Rabbit, sezee.

"I'm sorter toler'ble, Brer Rabbit; how you come on?" sez Miss Cow, sez she.

"Oh, I'm des toler'ble myse'f, Sis Cow; sorter linger'n twix' a balk en a break-down," sez Brer Rabbit, sezee.

"How yo' folks, Brer Rabbit?" sez Miss Cow, sez she.

"Dey er des middlin', Sis Cow; how Brer Bull gittin' on?" sez Brer Rabbit, sezee.

"Sorter so-so," sez Miss Cow, sez she.

"Deyer some mighty nice 'simmons up dis tree,

Sis Cow," sez Brer Rabbit, sezee, "en I'd like mighty well fer ter have some un um," sezee.

"How you gwineter git um, Brer Rabbit?" sez she.

"I 'lowed maybe dat I might ax you fer ter butt agin de tree, en shake some down, Sis Cow," sez Brer Rabbit, sezee.

C'ose Miss Cow don't wanter diskommerdate Brer Rabbit, en she march up ter de 'simmon tree, she did, en hit it a rap wid 'er hawns — *blam!* Now, den, dem 'simmons wuz green ez grass, en na'er one never drap. Den Miss Cow butt de tree — *blim!* Na'er 'simmon drap. Den Miss Cow sorter back off little, en run agin de tree — *blip!* No 'simmons never drap. Den Miss Cow back off little fudder, she did, en hi'st 'er tail on 'er back, en come agin de tree, *kerblam!* en she come so fas', en she come so hard, twel wunner 'er hawns went spang thoo de tree, en dar she wuz. She can't go forreds, en she can't go backerds. Dis zackly w'at Brer Rabbit waitin' fer, en he no sooner seed ole Miss Cow all fassened up dan he jump up, he did, en cut de pidjin-wing.

"Come he'p me out, Brer Rabbit," sez Miss Cow, sez she.

"I can't climb, Sis Cow," sez Brer Rabbit, sezee, "but I'll run en tell Brer Bull," sezee; en wid dat Brer Rabbit put out fer home, en 'twant long 'fo yer he come wid his ole 'oman en all his chilluns, en de las' one er de fambly wuz totin' a pail. De big uns had big pails, en de little uns had little pails. En dey all s'rounded ole Miss Cow, dey did, en you year me, honey, dey milked 'er dry. De ole uns milked en de young uns milked, en den w'en dey done got 'nuff, Brer Rabbit, he up'n say, sezee:

"De big uns had big pails, en de little uns had little pails"

"I wish you mighty well, Sis Cow. I 'lowed bein's how dat you'd hatter sorter camp out all night, dat I'd better come en swaje yo' bag," sezee.

Do which, Uncle Remus? asked the little boy.

Go 'long, honey! Swaje 'er bag. W'en cows don't

git milked, der bag swells, en you kin year um a moanin' en a beller'n des like dey wuz gittin' hurted. Dat's w'at Brer Rabbit done. He 'sembled his fambly, he did, en he swaje ole Miss Cow's bag.

Miss Cow, she stood dar, she did, en she study en study, en strive fer ter break loose, but de hawn done bin jam in de tree so tight dat 'twuz way 'fo' day in de mawnin' 'fo' she loose it. Anyhow hit wuz endurin' er de night, en atter she git loose she sorter graze roun', she did, fer ter jestify 'er stomach. She 'lowed, ole Miss Cow did, dat Brer Rabbit be hoppin' 'long dat way fer ter see how she gittin' on, en she tuck'n lay er trap fer 'im; en des 'bout sunrise w'at'd ole Miss Cow do but march up ter de 'simmon tree en stick 'er hawn back in de hole? But, bless yo' soul, honey, w'ile she wuz croppin' de grass, she tuck one mouf full too many, kaze w'en she hitch on ter de 'simmon tree agin, Brer Rabbit wuz settin' in de fence cornder a watchin' un 'er. Den Brer Rabbit he say ter hisse'f:

"Heyo," sezee, "w'at dis yer gwine on now? Hole yo' hosses, Sis Cow, twel you year me comin'," sezee.

En den he crope off down de fence, Brer Rabbit did, en bimeby yer he come — *lippity-clippity, clippity-lippity* — des a sailin' down de big road.

"Mawnin', Sis Cow," sez Brer Rabbit, sezee, "how you come on dis mawnin'?" sezee.

"Po'ly, Brer Rabbit, po'ly," sez Miss Cow, sez she. "I aint had no res' all night," sez she. "I can't pull loose," sez she, "but ef you'll come en ketch holt er my tail, Brer Rabbit," sez she, "I reckon maybe I kin fetch my hawn out," sez she. Den Brer Rabbit, he come up little closer, but he aint gittin' too close.

"I speck I'm nigh 'nuff, Sis Cow," sez Brer Rabbit, sezee. "I'm a mighty puny man, en I might git trompled," sezee. "You do de pullin', Sis Cow," sezee, "en I'll do de gruntin'," sezee.

Den Miss Cow, she pull out 'er hawn, she did, en tuck atter Brer Rabbit, en down de big road dey had it, Brer Rabbit wid his years laid back, en Miss Cow

"Heyo, Sis Cow! Whar you gwine?"

wid 'er head down en 'er tail cu'l. Brer Rabbit kep' on gainin', en bimeby he dart in a briar-patch, en by de time Miss Cow come 'long he had his head stickin' out, en his eyes look big ez Miss Sally's chany sassers.

"Heyo, Sis Cow! Whar you gwine?" sez Brer Rabbit, sezee.

"Howdy, Brer Big-Eyes," sez Miss Cow, sez she. "Is you seed Brer Rabbit go by?"

"He des dis minute pass," sez Brer Rabbit, sezee, "en he look mighty sick," sezee.

En wid dat, Miss Cow tuck down de road like de dogs wuz atter 'er, en Brer Rabbit, he des lay down dar in de briar-patch en roll en laff twel his sides hurted 'im. He bleedz ter laff. Fox atter 'im, Buzzard atter 'im, en Cow atter 'im, en dey aint kotch 'im yit.

16

Stinkin' Jim

ONE DAY, atter Sis Cow done run pas' 'er own shadder tryin' fer ter ketch 'im, Brer Rabbit tuck'n 'low dat he wuz gwineter drap in en see Miss Meadows en de gals, en he got out his piece er lookin'-glass en primp up, he did, en sot out. Gwine canterin' 'long de road, who should Brer Rabbit run up wid but ole Brer Tarrypin — de same ole one-en-sixpunce. Brer Rabbit stop, he did, en rap on de roof er Brer Tarrypin house.

On the roof of his house, Uncle Remus? interrupted the little boy.

Co'se, honey, Brer Tarrypin kyar his house wid 'im. Rain er shine, hot er cole, strike up wid ole Brer Tarrypin w'en you will en w'ilst you may, en whar you fine 'im, dar you'll fine his shanty. Hit's des like I tell you. So den! Brer Rabbit he rap on de roof er Brer Tarrypin's house, he did, en ax wuz he in, en Brer Tarrypin 'low dat he wuz, en den Brer Rabbit, he ax 'im howdy, en den Brer Tarry-

"He rap on de roof"

pin he likewise 'spon' howdy, en den Brer Rabbit he say whar wuz Brer Tarrypin gwine, en Brer Tarrypin, he say w'ich he weren't gwine nowhar skacely. Den Brer Rabbit 'low he wuz on his way fer ter see Miss Meadows en de gals, en he ax Brer Tarrypin ef he won't jine in en go long, en Brer Tarrypin 'spon' he don't keer ef he do, en den dey sot out. Dey had plenty er time fer confabbin' 'long de way, but bimeby dey got dar, en Miss Meadows en de gals dey come ter de do', dey did, en ax um in, en in dey went.

W'en dey got in, Brer Tarrypin wuz so flat-footed dat he wuz too low on de flo', en he weren't high 'nuff in a cheer, but while dey wuz all scramblin' roun' tryin' fer ter git Brer Tarrypin a cheer, Brer Rabbit, he pick 'im up en put 'im on de shelf whar de waterbucket sot, en ole Brer Tarrypin, he lay back up dar, he did, des es proud ez a nigger wid a cook 'possum.

Co'se de talk fell on Brer Fox, en Miss Meadows en de gals make a great 'miration 'bout w'at a gaily ridin'-hoss Brer Fox wuz, en dey make lots er fun, en laff en giggle same like gals does dese days. Brer Rabbit, he sot dar in de cheer smokin' his seegyar, en he sorter cle'r up his th'oat, en say, sezee:

"I'd er rid 'im over dis mawnin', ladies," sezee, "but I rid 'im so hard yistiddy dat he went lame in de off fo' leg, en I speck I'll hatter swap 'im off yit," sezee.

Den Brer Tarrypin, he up'n say, sezee:

"Well, ef you gwineter sell 'im, Brer Rabbit," sezee, "sell 'im some'rs outen dis neighborhood, kaze he done bin yer too long now," sezee. "No longer'n day 'fo' yistiddy," sezee, "Brer Fox pass me on de road, en whatter you reckon he say?" sezee:

"Law, Brer Tarrypin," sez Miss Meadows, sez she, "you don't mean ter say he cussed?" sez she, en den de gals hilt der fans up 'fo' der faces.

"Oh, no, ma'am," sez Brer Tarrypin, sezee, "he didn't cuss, but he holler out—'Heyo, Stinkin' Jim!' " sezee.

"Oh, my! You year dat, gals?" sez Miss Meadows, sez she; "Brer Fox call Brer Tarrypin 'Stinkin' Jim,' " sez she, en den Miss Meadows en de gals make great wonderment how Brer Fox kin talk dat a way 'bout nice man like Brer Tarrypin.

But bless gracious, honey! w'ilst all dis gwine on,

Brer Fox wuz stannin' at de back do' wid one year at de cat-hole listenin'. Eave-drappers don't year no good er deyse'f, en de way Brer Fox wuz 'bused dat day wuz a caution.

Bimeby Brer Fox stick his head in de do', en holler out:

"Good evenin', folks, I wish you mighty well," sezee, en wid dat he make a dash fer Brer Rabbit, but Miss Meadows en de gals dey holler en squall, dey did, en Brer Tarrypin he got ter scramblin' roun' up dar on de shelf, en off he come, en *blip* he tuck Brer Fox on de back er de head. Dis sorter stunted Brer Fox, en w'en he gedder his 'mem-

"W'en he gedder his 'membunce"

bunce, de mos' he seed wuz a pot er greens tu'ned over in de fireplace, en a broke cheer. Brer Rabbit wuz gone, en Brer Tarrypin wuz gone, en Miss Meadows en de gals wuz gone.

Brer Rabbit he skinned up de chimbly — dats w'at tu'ned de pot er greens over. Brer Tarrypin, he crope und' de bed, he did, en got behime de cloze-chist, en Miss Meadows en de gals, dey run out in de yard.

Brer Fox, he sorter look roun' en feel er de back er his head, whar Brer Tarrypin lit, but he don't see no sign er Brer Rabbit. But de smoke en de ashes gwine up de chimbly got de best er Brer Rabbit, en bimeby he sneeze — *huckychow!*

"Aha!" sez Brer Fox, sezee; "youer dar, is you?" sezee. "Well, I'm gwineter smoke you out, ef it takes a mont'. Youer mine dis time," sezee. Brer Rabbit aint sayin' nothin'.

"Aint you comin' down?" sez Brer Fox, sezee. Brer Rabbit aint sayin' nothin'. Den Brer Fox, he went out atter some wood, he did, en w'en he come back he year Brer Rabbit laffin'.

"W'at you laffin' at, Brer Rabbit?" sez Brer Fox, sezee.

"Can't tell you, Brer Fox," sez Brer Rabbit, sezee.

"Better tell, Brer Rabbit," sez Brer Fox, sezee.

"'Taint nothin' but a box er money somebody done gone en lef' up yer in de chink er de chimbly," sez Brer Rabbit, sezee.

"Don't b'lieve you," sez Brer Fox, sezee.

"Look up en see," sez Brer Rabbit, sezee, en w'en Brer Fox look up, Brer Rabbit spit his eyes full er terbarker juice, he did, en Brer Fox, he make a break fer de branch, en Brer Rabbit he come down en tole de ladies good-by.

"How you git 'im off, Brer Rabbit?" sez Miss Meadows, sez she.

"Who? Me?" sez Brer Rabbit, sezee; "w'y I des tuck en tole 'im dat ef he didn't go 'long home en stop playin' his pranks on 'spectable folks, dat I'd take 'im out and th'ash 'im," sezee.

"His eyes full er terbarker juice"

17

Jack Sparrow

LEMME tell you dis, said Uncle Remus, der aint no way fer ter make tattlers en tale-b'arers tu'n out good. No, dey aint! You 'member w'at 'come er de bird w'at went tattlin' roun' 'bout Brer Rabbit? Hit wuz wunner dese yer uppity little Jack Sparrers, I speck. Dey wuz allers bodder'n longer udder folks's business, en dey keeps at it down ter dis day — peckin' yer, en pickin' dar, en scratchin' out yand.

One day Brer Rabbit wuz settin' down in de woods. He feel mighty lonesome, en he feel mighty mad, Brer Rabbit did. 'Taint put down in de tale, but I speck he cussed en r'ared roun' consider'ble. Leas'ways he wuz settin' out dar by hisse'f, en dar he sot, en study en study, twel bimeby he jump up en holler out:

"Well, doggone my cats ef I can't gallop roun' ole Brer Fox, en I'm gwineter do it. I'll show Miss Meadows en de gals dat I'm de boss er Brer Fox," sezee.

Jack Sparrer up in de tree, he year Brer Rabbit, he did, en he sing out:

"I'm gwine tell Brer Fox! I'm gwine tell Brer Fox! Chick-a-biddy-win'-a-blowin'-acuns-fallin'! I'm gwine tell Brer Fox!"

Dis kinder tarrify Brer Rabbit, en he skacely know w'at he gwine do; but bimeby he study ter hisse'f dat de man w'at see Brer Fox fus' wuz boun' ter have de inturn, en den he go hoppin' off todes home. He didn't got fur w'en who should he meet but Brer Fox, en den Brer Rabbit, he open up:

"W'at dis 'twix' you en me, Brer Fox?" sez Brer Rabbit, sezee. "I year tell you gwine ter sen' me ter 'struction, en nab my fambly, en 'stroy my shanty," sezee.

Den Brer Fox he git mighty mad.

"Who bin tellin' you all dis?" sezee.

Brer Rabbit make like he didn't want ter tell, but Brer Fox he 'sist en 'sist, twel at las' Brer Rabbit he up en tell Brer Fox dat he year Jack Sparrer say all dis.

"Co'se," sez Brer Rabbit, sezee, "w'en Brer Jack Sparrer tell me dat I flew up, I did, en I use some language w'ich I'm mighty glad dey weren't no ladies roun' nowhars so dey could year me go on," sezee.

Brer Fox he sorter gap, he did, en say he speck he better be sa'ntern on. But, bless yo' soul, honey, Brer Fox aint sa'nter fur, 'fo' Jack Sparrer flip down on a 'simmon-bush by de side er de road, en holler out:

"Brer Fox! Oh, Brer Fox! — Brer Fox!"

Brer Fox he des sorter canter 'long, he did, en

make like he don't year 'im. Den Jack Sparrer up'n sing out agin:

"Brer Fox! Oh, Brer Fox! Hole on, Brer Fox! I got some news fer you. Wait, Brer Fox! Hit'll 'stonish you."

Brer Fox he make like he don't see Jack Sparrer, ner needer do he year 'im, but bimeby he lay down by de road, en sorter stretch hisse'f like he fixin' fer ter nap. De tattlin' Jack Sparrer he flewed 'long, en keep on callin' Brer Fox, but Brer Fox, he aint sayin' nothin'. Den little Jack Sparrer, he hop down on de groun' en flutter roun' 'mongst de trash. Dis sorter 'track Brer Fox 'tention, en he look at de tattlin' bird, en de bird he keep on callin':

"I got sumpin fer ter tell you, Brer Fox."

"Git on my tail, little Jack Sparrer," sez Brer Fox, sezee, "kaze I'm deaf in one year, en I can't year out'n de udder. Git on my tail," sezee.

Den de little bird he up'n hop on Brer Fox's tail.

"Git on my back, little Jack Sparrer, kaze I'm deaf in one year en I can't year out'n de udder."

Den de little bird hop on his back.

"Hop on my head, little Jack Sparrer, kaze I'm deaf in bofe years."

Up hop de little bird.

"Hop on my toof, little Jack Sparrer, kaze I'm deaf in one year en I can't year out'n de udder."

De tattlin' little bird hop on Brer Fox's toof, en den—

Here Uncle Remus paused, opened wide his mouth and closed it again in a way that told the whole story.

18

Old Hardshell

HIT look like ter me dat I let on de udder night dat in dem days w'en de creeturs wuz santer'n roun' same like folks, none un um wuz brash 'nuff fer ter ketch up wid Brer Rabbit, remarked Uncle Remus, reflectively. Well, den, dar's whar my 'membunce gin out, kaze Brer Rabbit did git kotched up wid, en hit cool 'im off like po'in' spring water on one er dese yer biggity fices.

How was that, Uncle Remus? asked the little boy.

One day w'en Brer Rabbit wuz gwine lippity-clippitin' down de road, he meet up wid ole Brer Tarrypin, en atter dey pass de time er day wid wunner nudder, Brer Rabbit, he 'low dat he wuz much 'blije ter Brer Tarrypin fer de han' he tuck in de rumpus dat day down at Miss Meadows's. Den Brer Tarrypin 'low dat Brer Fox run mighty fas' dat day, but dat ef he'd bin atter 'im stidder Brer Rabbit, he'd er kotch 'im. Brer Rabbit say he could er kotch 'im hisse'f, but he didn't keer 'bout leavin' de ladies.

"Bimeby dey gotter 'sputin'"

Dey keep on talkin', dey did, twel bimeby dey gotter 'sputin' 'bout w'ich wuz de swif'es'. Brer Rabbit, he say he kin outrun Brer Tarrypin, en Brer Tarrypin, he des vow dat he kin outrun Brer Rabbit. Up en down dey had it, twel fus news you know Brer Tarrypin say he got a fifty-dollar bill in de chink er de chimbly at home, en dat bill done tole 'im dat he could beat Brer Rabbit in a fa'r race. Den Brer Rabbit say he got a fifty-dollar bill w'at say dat he kin leave Brer Tarrypin so fur behime, dat he could sow bolley ez he went 'long en hit 'ud be ripe nuff fer ter cut by de time Brer Tarrypin pass dat way.

Anyhow dey make de bet en put up de money, en ole Brer Tukkey Buzzard, he wuz summonzd fer ter be de jedge, en de stakeholder; en 'twant long 'fo' all de 'rangements wuz made. De race wuz a five-mile heat, en de groun' wuz medjud off, en at de een' er ev'ey mile a pos' wuz stuck up. Brer Rabbit wuz ter run down de big road, en Brer Tarrypin, he say he'd gallop thoo de woods. Folks tole 'im he could git long faster in de road, but ole Brer Tarrypin, he know w'at he doin'. Miss Meadows en de gals en mos' all de neighbors got win' er de fun, en w'en de day wuz sot dey 'termin' fer ter be on han'. Brer Rabbit he train hisse'f ev'ey day, en he skip over de groun' des ez gaily ez a June cricket. Ole Brer Tarrypin, he lay low in de swamp. He had a wife en th'ee chilluns, ole Brer Tarrypin did, en dey wuz all de ve'y spit en image er de ole man. Anybody w'at know one fum de udder gotter take a spy-glass, en den dey er li'ble fer ter git fooled.

Dat's de way marters stan' twel de day er de race, en on dat day, ole Brer Tarrypin, en his ole 'oman, en his th'ee chilluns, dey got up 'fo' sun-up, en went ter de place. De ole 'oman, she tuck 'er stan' nigh de fus' mile-pos', she did, en de chilluns nigh de udders, up ter de las', en dar old Brer Tarrypin, he tuck his stan'. Bimeby, yer come de folks: Jedge Buzzard, he come, en Miss Meadows en de gals, dey come, en den yer come Brer Rabbit wid ribbons tied roun' his neck en streamin' fum his years. De folks all went ter de udder een' er de track fer ter see how dey come out. W'en de time come Jedge Buzzard strut roun' en pull out his watch, en holler out:

"Gents, is you ready?"

Brer Rabbit, he say "Yes," en ole Miss Tarrypin holler "Go" fum de aidge er de woods. Brer Rabbit, he lit out on de race, en ole Miss Tarrypin, she put out for home. Jedge Buzzard, he riz en skimmed 'long fer ter see dat de race wuz runned fa'r. W'en Brer Rabbit got ter de fus' mile-pos', wunner de

"Gents, is you ready?"

Tarrypin chilluns crawl out de woods, he did, en make fer de place. Brer Rabbit, he holler out:

"Whar is you, Brer Tarrypin?"

"Yer I come a bulgin'," sez de Tarrypin, sezee.

Brer Rabbit so glad he's ahead dat he put out harder dan ever, en de Tarrypin, he make fer home. W'en he come ter de nex' pos', nudder Tarrypin crawl out er de woods.

"Whar is you, Brer Tarrypin?" sez Brer Rabbit, sezee.

"Yer I come a bilin'," sez de Tarrypin, sezee.

Brer Rabbit, he lit out, he did, en come ter nex' pos', en dar wuz de Tarrypin. Den he come ter nex', en dar wuz de Tarrypin. Den he had one mo' mile fer ter run, en he feel like he gittin' bellust. Bime-by, ole Brer Tarrypin look way off down de road en he see Jedge Buzzard sailin' 'long en he know hit's time fer 'im fer ter be up. So he scramble outen de woods, en roll 'cross de ditch, en shuffle thoo de crowd er folks en git ter de mile-pos' en crawl be-hime it. Bimeby, fus' news you know, yer come Brer Rabbit. He look roun' en he don't see Brer Tarrypin, en den he squall out:

"Gimme de money, Brer Buzzard! Gimme de money!"

Den Miss Meadows en de gals, dey holler and laff fit ter kill deyse'f, en ole Brer Tarrypin, he riz up fum behime de pos' en sez, sezee:

"Ef you'll gimme time fer ter ketch my breff, gents en ladies, one en all, I speck I'll finger dat money myse'f," sezee, en sho 'nuff, Brer Tarrypin tie de pus roun' his neck en skaddle off home.

"He riz up fum behime de pos'"

19

Brer Tarrypin Learns to Fly

UNCLE REMUS had the weakness of the genuine story-teller. When he was in the humor, the slightest hint would serve to remind him of a story, and one story would recall another. Thus, when the little boy chanced to manifest some curiosity in regard to the whippoorwill, which according to an old song had performed the remarkable feat of carrying the sheep's corn to the mill, the old man took great pains to describe the bird, explaining how it could fly through the darkness and flap its wings without making the slightest noise.

The little boy had a number of questions to ask about this, and the talk about flying reminded Uncle Remus of a story. He stopped short in his explanations and began to chuckle. The little boy asked him what the matter was. Shoo, honey. said the old man, w'en you git ole ez I is en yo' 'membunce cropes up en tickles you, you'll laff too dat you will.

Talkin' all 'bout dish yer flyin' business fotch up in my mine de time w'en old Brer Tarrypin boned ole Brer Buzzard fer ter l'arn 'im how ter fly. He got atter 'im, en he kep' atter 'im. He begged en 'swaded, en 'swaded en he begged. Brer Buzzard tole 'im dat dey wuz mos' too much un 'im in one place, but Brer Tarrypin, he des kep' on atter 'im, en bimeby Brer Buzzard 'low dat ef nothin' else aint gwine do 'im, he'll des whirl in en give 'im some lessons in flyin' fer ole 'quaintance sakes.

Dis make ole Brer Tarrypin feel mighty good, en he say he ready fer ter begin right now, but Brer Buzzard say he aint got time des den, but he'll be sho en come roun' de nex' day en give old Brer Tarrypin de fus' lesson.

Ole Brer Tarrypin, he sot dar en wait, he did, en dough he nodded yer en dar thoo de night, hit look like ter 'im dat day aint never gwineter come. He wait en he wait, he did, but bimeby de sun riz en 'twant so mighty long atter dat 'fo' yer come Brer Buzzard sailin' long. He sailed roun' en roun', en eve'y time he sail roun' he come lower, en atter w'ile he lit.

He lit, he did, en pass de time er day wid Brer Tarrypin en ax 'im is he ready. Brer Tarrypin 'low he bin ready too long ter talk 'bout, en w'en Brer Buzzard year dis, he tuck'n squat in de grass en ax Brer Tarrypin fer ter crawl 'pun he back. But Brer Buzzard back mighty slick, en de mo' Brer Tarrypin try fer ter crawl up, de mo' he slip back. But he tuck'n crawl up atter w'ile, en w'en he git sorter settled down, he 'low, he did: "You kin start now, Brer Buzzard, but you'll hatter be mighty keerful not ter run over no rocks en stumps, kaze ef dish yer waggin gits ter joltin', I'm a goner," sezee.

Brer Buzzard, he tuck'n start off easy; he move so slick en smoove en swif' dat Brer Tarrypin laff en 'low he aint had no sech sweet ridin' sence he crossed de river in a flat. He sail roun' en roun', he did, en gun Brer Tarrypin a good ride, en den bimeby he sail down ter de groun' en let Brer Tarrypin slip off'n he back.

Nex' day he come roun' agin, ole Brer Buzzard did, en gun Brer Tarrypin nudder good ride, en de nex' day he done de same. He keep on doin' dis a-way twel atter w'ile Brer Tarrypin got de consate dat he kin do some flyin' on he own hook. So he up en ax Brer Buzzard for call roun' one mo' time en give 'im a good start.

Well, suh, ole Brer Buzzard wuz dat full er rascality dat he aint got no better sense dan ter come, en de nex' day he sail up, he did, bright en early. He lit on de grass, en ole Brer Tarrypin, he crope 'pun he back, en den Brer Buzzard riz. He riz up in de elerments, en w'en he git up dar, he sorter fotch a flirt en a swoop, en slid out fum und' Brer Tarrypin.

Ole Brer Tarrypin, he flapped he foots, en wagged he head, en shuck he tail, but all dis aint do no good. He start off right side up, but he aint fur 'fo' he 'gun ter tu'n somersets up dar, en down he come on he back — *kerblam-m-m!* En ef it hadn't but er bin fer de strenk er he shell, he'd 'a' got bus' wide open. He lay dar, ole Brer Tarrypin did, en try ter ketch he breff, en he groan en he pant like eve'y minute gwineter be de nex'.

Ole Brer Buzzard, he sail roun', he did, en look at Brer Tarrypin en bimeby he lit fer ter make inquirements. "Brer Tarrypin, how you feel?" sezee.

"Brer Buzzard, I'm teetotally ruint!" sezee.

"Well, Brer Tarrypin, I tole you not ter try ter fly," sezee.

"Hush up, Brer Buzzard!" sezee. "I flewed good ez anybody, but you fergot ter l'arn me how ter light. Flyin' is easy ez fallin', but I don't speck I kin l'arn how ter light, en dat's whar de trouble come in," sezee.

20

Take up the Slack

ONE NIGHT Miss Meadows en de gals dey guna candy-pullin', en so many er de neighbors come in 'sponse ter de invite dat dey hatter put de merlasses in de wash pot en buil' de fire in de yard. Brer B'ar, he holp Miss Meadows bring de wood, Brer Fox, he men' de fire, Brer Wolf, he kep' de dogs off, Brer Rabbit, he grease de bottom er de plates fer ter keep de candy fum stickin', en Brer Tarrypin, he clumb up in a cheer, en say he'd watch en see dat de merlasses didn't bile over. Dey wuz all dar, en dey weren't cuttin' up no didos, needer, kaze Miss Meadows, she done put 'er foot down, she did, en say dat w'en dey come ter 'er place dey hatter hang up a flag er truce at de front gate en 'bide by it.

Well, den, w'iles dey wuz all a-settin' dar en de merlasses wuz a bilin' en a blubberin', dey got ter runnin' on talkin' mighty biggity. Brer Rabbit, he say he de swiffes'; but Brer Tarrypin, he rock 'long in de cheer en watch de merlasses. Brer Fox, he say

"Dey got ter runnin' on talkin'"

he de sharpes', but Brer Tarrypin he rock 'long. Brer Wolf, he say he de mos' suvvigus, but Brer Tarrypin, he rock en he rock 'long. Brer B'ar, he say he de mos' stronges', but Brer Tarrypin he rock, en he keep on rockin'. Bimeby he sorter shet one eye, en say, sezee:

"Hit look like 'periently dat de old hardshell aint nowhars 'longside er dis crowd, yit yer I is, en I'm de same man w'at show Brer Rabbit dat he aint de swiffes'; en I'm de same man w'at kin show Brer B'ar dat he aint de stronges'," sezee.

Den dey all laff en holler, kaze it look like Brer B'ar mo' stronger dan a steer. Bimeby, Miss Meadows, she up'n ax, she did, how he gwine do it.

"Gimme a good strong rope," sez Brer Tarrypin, sezee, "en lemme git in a puddle er water, en den let Brer B'ar see ef he kin pull me out," sezee.

Den dey all laff agin, en Brer B'ar, he ups en sez, sezee: "We aint got no rope," sezee.

"No," sez Brer Tarrypin, sezee, "en needer is you got de strenk," sezee, en den Brer Tarrypin, he rock en rock 'long, en watch de merlasses a-bilin' en a-blubberin'.

Atter w'ile Miss Meadows, she up en say, she did, dat she'd take'n loan de young men 'er bed-cord, en w'iles de candy wuz a-coolin' in de plates, dey could all go ter de branch en see Brer Tarrypin kyar out his projick. Brer Tarrypin weren't much bigger'n de pa'm er my han', en it look mighty funny fer ter year 'im braggin' 'bout how he kin out-pull Brer B'ar. But dey got de bed-cord atter w'ile, en den dey all put out ter de branch. W'en Brer Tarrypin fine de place he wanter, he tuck one een' er de bed-cord, en gun de udder een' to Brer B'ar.

"Now den, ladies en gents," sez Brer Tarrypin, sezee, "you all go wid Brer B'ar up dar in de woods en I'll stay yer, en w'en you year me holler, den's de time fer Brer B'ar fer ter see ef he kin haul in de slack er de rope. You all take keer er dat ar een'," sezee, "en I'll take keer er dish yer een'," sezee.

Den dey all put out en lef' Brer Tarrypin at de branch, en w'en dey got good en gone, he dove down inter de water, he did, en tie de bed-cord hard en fas' ter wunner dese yer big clay-roots, en den he riz up en gin a whoop.

Brer B'ar he wrop de bed-cord roun' his han', en wink at de gals, en wid dat he gin a big juk, but

"He dove down inter de water"

Brer Tarrypin aint budge. Den he take bofe han's en gin a big pull, but, all de same, Brer Tarrypin aint budge. Den he tu'n roun', he did, en put de rope 'crosst his shoulders en try ter walk off wid Brer Tarrypin, but Brer Tarrypin look like he don't feel like walkin'. Den Brer Wolf he put in en holp Brer B'ar pull, but des like he didn't, en den dey all holp 'im, en, bless gracious! w'iles dey wuz all a pullin', Brer Tarrypin, he holler, en ax um w'y dey don't take up de slack. Den w'en Brer Tarrypin feel um quit pullin', he dove down, he did, en ontie de rope, en by de time dey got ter de branch, Brer Tarrypin, he wuz settin' in de aidge er de water des ez natchul ez de nex' un, en he up'n say, sezee:

"Dat las' pull er yone wuz a mighty stiff un, en a

leetle mo'n you'd er had me," sezee. "Youer monstus stout, Brer B'ar," sezee, "en you pulls like a yoke er steers, but I sorter had de pu'chis on you," sezee.

Den Brer B'ar, bein's his mouf 'gun ter water atter de sweetnin', he up'n say he speck de candy's ripe, en off dey put atter it!

It's a wonder, said the little boy, after a while, that the rope didn't break.

Break who? exclaimed Uncle Remus, with a touch of indignation in his tone. In dem days, Miss Meadows's bed-cord would a hilt a mule.

21

Loungin 'round and Suffering

ONE DAY Brer Fox strike up wid Brer Tarrypin right in de middle er de big road. Brer Tarrypin done heerd 'im comin', en he 'low ter hisse'f dat he'd sorter keep one eye open; but Brer Fox wuz monstus perlite, en he open up de confab, he did, like he aint seen Brer Tarrypin sence de las' freshet.

"Heyo, Brer Tarrypin, whar you bin dis long-come-short?" sez Brer Fox, sezee.

"Loungin' roun', Brer Fox, loungin' roun'," sez Brer Tarrypin.

"You don't look sprucy like you did, Brer Tarrypin," sez Brer Fox, sezee.

"Loungin' roun' en suffer'n'," sez Brer Tarrypin, sezee.

Den de talk sorter run on like dis:

"W'at ail you, Brer Tarrypin? Yo' eye look mighty red," sez Brer Fox, sezee.

"Lor', Brer Fox, you dunner w'at trouble is. You aint bin loungin' roun' en suffer'n'," sez Brer Tarrypin, sezee.

"Loungin' roun' en suffer'n'"

"Bofe eyes red, en you look like you mighty weak, Brer Tarrypin," sez Brer Fox, sezee.

"Lor', Brer Fox, you dunner w'at trouble is," sez Brer Tarrypin, sezee.

"W'at ail you now, Brer Tarrypin?" sez Brer Fox, sezee.

"Tuck a walk de udder day, en man come 'long en sot de fiel' afire. Lor', Brer Fox, you dunner w'at trouble is," sez Brer Tarrypin, sezee.

"How you git out de fire, Brer Tarrypin?" sez Brer Fox, sezee.

"Sot en tuck it, Brer Fox," sez Brer Tarrypin, sezee. "Sot en tuck it, en de smoke sif' in my eye, en de fire sco'ch my back," sez Brer Tarrypin, sezee.

"Likewise hit bu'n yo' tail off," sez Brer Fox, sezee.

"Oh, no, dar's de tail, Brer Fox," sez Brer Tarrypin, sezee, en wid dat he oncurl his tail fum und' de shell, en no sooner did he do dat dan Brer Fox grab it, en holler out:

"Oh, yes, Brer Tarrypin! Oh, yes! En so youer de man w'at lam me on de head at Miss Meadows's is you? Youer in wid Brer Rabbit, is you? Well, I'm gwineter out you."

"Brer Fox tu'n loose de tail"

Brer Tarrypin beg en beg, but 'twant no use. Brer Fox done bin fool so much dat he look like he 'termin' fer ter have Brer Tarrypin haslett. Den Brer Tarrypin beg Brer Fox not fer ter drown 'im, but Brer Fox aint makin' no prommus, en den he beg Brer Fox fer ter bu'n' 'im kaze he done useter fire, but Brer Fox don't say nothin'. Bimeby Brer Fox drag Brer Tarrypin off little ways b'low de spring-'ouse, en souse 'im und' de water. Den Brer Tarrypin begin fer ter holler:

"Tu'n loose dat stump root en ketch holt er me — tu'n loose dat stump root en ketch holt er me."

Brer Fox he holler back:

"I aint got holt er no stump root, en I is got holt er you."

Brer Tarrypin he keep on holler'n:

"Ketch holt er me — I'm a-drownin' — I'm a-drownin' — tu'n loose de stump root en ketch holt er me."

Sho 'nuff, Brer Fox tu'n loose de tail, en Brer Tarrypin, he went down ter de bottom — *kerblunkity blink!*

22

Brer Coon and the Frogs

ONE TIME Brer Rabbit en Brer Coon live close ter wunner nudder in de same neighborhoods. How dey does now I aint a-tellin' you; but in dem times dey wan't no hard feelin's 'twix' um. Dey des went 'long like two ole cronies. Brer Rabbit, he wuz a fisherman, en Brer Coon, he wuz a fisherman, but Brer Rabbit, he kotch fish, en Brer Coon, he fished fer frogs. Brer Rabbit, he had mighty good luck, en Brer Coon, he had mighty bad luck. Brer Rabbit, he got fat en slick, en Brer Coon, he got po' en sick.

Hit went on dis a-way twel one day Brer Coon meet Brer Rabbit in de big road. Dey shuck han's, dey did, en den Brer Coon he 'low, "Brer Rabbit, whar you git sech a fine chance er fish?"

Brer Rabbit laff en say, "I kotch um outen de river, Brer Coon. All I got ter do is ter bait my hook," sezee.

Den Brer Coon shake his head en 'low, "Den how come I aint kin ketch no frogs?"

Brer Rabbit sat down in de road en scratched fer fleas, en den he 'low, "Hit's kaze you done make um all mad, Brer Coon. One time in de dark er de moon you slipped down ter de branch en kotch de ole King Frog, en ever sence dat time w'enev' youer passin' by, you kin year um sing out, fus' one en den nudder, *Yer he come! Dar he goes! Hit 'im in de eye; hit 'im in de eye! Mash 'im en smash 'im; mash 'im en smash 'im!* Yasser, dat w'at dey say. I year um constant, Brer Coon, en dat des w'at dey say."

Den Brer Coon up'n say, "Ef dat de way dey gwine on, how de name er goodness kin I ketch um, Brer Rabbit? I bleedz ter have sumpin ter eat fer me en my fambly connection."

Brer Rabbit sorter grin in de cornder er his mouf, en den he say, "Well, Brer Coon, bein' ez you bin so sociable 'long wid me en aint never showed yo' toofies w'en I pull yo' tail, I'll des whirl in en he'p you out."

Brer Coon say, "Thanky, thanky-do, Brer Rabbit."

Brer Rabbit hung his fish on a tree limb en say, "Now, Brer Coon, you bleedz ter do des like I tell you."

Brer Coon 'lowed dat he would ef de Lord spared 'im.

Den Brer Rabbit say, "Now, Brer Coon, you des rack down yan en git on de big san'-bar 'twix' de river en de branch. W'en you git dar you mus' stagger like you sick, en den you mus' whirl roun' en roun' en drap down like you dead. Atter you drap down, you must sorter juk yo' legs once er twice, en den you mus' lay right still. Ef fly light on yo' nose, let 'im stay dar. Don't move; don't wink yo' eye; don't switch yo' tail. Des lay right dar, en 'twon't be long 'fo' you year fum me. Yit don't you move twel I give de word."

Brer Coon, he paced off, he did, en done des like Brer Rabbit tole 'im. He staggered roun' on de san'-bank, en den he drapped down dead. Atter so long a time Brer Rabbit come lopin' 'long, en soon's he git dar he squall out, "Coon dead!"

Dis rousted de frogs, en dey stuck dey heads up fer ter see w'at all de rippit wuz 'bout. One big green un up en holler, "W'at de matter? W'at de matter?" He talk like he had a bad cole.

Brer Rabbit 'low, "Coon dead!"

Frog say, "Don't b'lieve it! Don't b'lieve it!"

Nudder frog say, "Yes, he is! Yes, he is!"

Little bit er one say, "No, he aint! No, he aint!"

Dey kep' on 'sputin' en 'sputin' twel bimeby hit look like all de frogs in de neighborhoods wuz dar. Brer Rabbit look like he aint a-yearin' ner a-keerin' w'at dey do or say. He sot dar in de san' like he gwine in moanin' fer Brer Coon. De frogs kep' gittin' closer en closer. Brer Coon, he ain't move. W'en a fly'd git on 'im, Brer Rabbit he'd bresh 'im off.

Bimeby he 'low, "Ef you want ter git 'im outen de way, now's yo' time, Cousin Frogs. Des whirl in en bury 'im deep in de san'."

Big ole frog say, "How we gwine ter do it? How we gwine ter do it?"

Brer Rabbit 'low, "Dig de san' out fum und' 'im en let 'im down in de hole."

Den de frogs dey went ter wuk sho 'nuff. Dey

mus' 'a' bin a hunderd un um, en dey make dat san' fly, mon. Brer Coon, he aint move. De frogs, dey dig en scratch in de san' twel atter w'ile dey had a right smart hole, en Brer Coon wuz down in dar.

Bimeby big frog holler, "Dis deep 'nuff? Dis deep 'nuff?"

Brer Rabbit 'low, "Kin you jump out?"

Big frog say, "Yes, I kin! Yes, I kin!"

Brer Rabbit say, "Den 'taint deep 'nuff."

Den de frogs dey dig en dey dig, twel bimeby big frog say, "Dis deep 'nuff? Dis deep 'nuff?"

Brer Rabbit 'low, "Kin you jump out?"

Big frog say, "I des kin! I des kin!"

Brer Rabbit say, "Dig it deeper!"

De frogs keep on diggin' twel bimeby big frog holler out, "Dis deep 'nuff? Dis deep 'nuff?"

Brer Rabbit 'low, "Kin you jump out?"

Big frog say, "No, I can't! No, I can't! Come he'p me! Come he'p me!"

Brer Rabbit bus' out laffin' en holler out, "Rise up, Sandy, en git yo' meat!" En Brer Coon riz.

23

Brer Rabbit Raises a Dust

IN DEM TIMES, Brer Rabbit, en Brer Fox, en Brer Coon, en dem udder creeturs go co'tin' en sparklin' roun' de neighborhood mo' samer dan folks. 'Twant no "Lemme a hoss," ner "Fetch me my buggy," but dey des up'n lit out en tote deyse'f. Dar's ole Brer Fox, he des wheel roun' en fetch his flank one swipe wid 'is tongue en he'd be comb up; en Brer Rabbit, he des spit on his han' en twis' it roun' 'mongst de roots er his years en his ha'r'd be roach. Dey wuz dat flirtatious dat Miss Meadows en de gals don't see no peace fum one week een' ter de udder. Chuseday wuz same as Sunday, en Friday wuz same as Chuseday, en hit come down ter dat pass dat w'en Miss Meadows 'ud have chicken-fixin's fer dinner, in 'ud drap Brer Fox en Brer Possum, en w'en she'd have fried greens in 'ud pop ole Brer Rabbit, twel 'las' Miss Meadows, she tuck'n tell de gals dat she be dad-blame ef she gwineter keep no tavvum. So dey fix it up 'mong deyse'f, Miss Meadows en de gals did, dat de nex' time de gents call, dey'd gin um a game. De gents, dey wuz a-co'tin, but Miss Meadows, she don't wanter marry none un um, en needer does de gals, en likewise dey don't wanter have um pesterin' roun'. Las', one Chuse-day, Miss Meadows, she tole um dat ef dey come down ter her house de nex' Sat'day evenin', de whole caboodle un um 'ud go down de road a piece, whar dar wuz a big flint rock, en de man w'at could take a sludge-hammer en knock de dus' out'n dat rock, he wuz de man w'at 'ud git de pick er de gals. Dey all say dey gwine do it, but ole Brer Rabbit, he crope off whar der wuz a cool place under some jim-son weeds, en dar he sot wukkin' his mine how he

"Crack his heels"

gwineter git dus' out'n dat rock. Bimeby, w'ile he wuz a-settin' dar, up he jump en crack his heels ter-gedder en put out fer Brer Coon house en borrer his slippers. W'en Sat'day evenin' come, dey wuz all dar. Miss Meadows en de gals, dey wuz dar; en Brer Coon, en Brer Fox, en Brer Possum, en Brer Tarry-pin, dey wuz dar.

Where was the Rabbit? the little boy asked.

You kin put yo' 'pennunce in ole Brer Rabbit, the old man replied, with a chuckle. He wuz dar, but he shuffle up kinder late, kaze w'en Miss Meadows en de balance un um done gone down ter de place, Brer Rabbit, he crope roun' ter de ash-hopper, en fill Brer Coon slippers full er ashes, en den he tuck'n put um on en march off. He got dar atter 'w'ile, en soon's Miss Meadows en de gals seed 'im, dey up'n giggle, en make a great 'miration kaze Brer Rabbit got on slippers. Brer Fox, he so smart, he holler out, he did, en say he lay Brer Rabbit got de groun'-eatch, but Brer Rabbit, he sorter shet one eye, he did, en say, sezee:

"I bin so useter ridin' hoss-back, ez dese ladies knows, dat I'm gittin' sorter tender-footed"; en dey don't year much mo' fum Brer Fox dat day, kaze he 'member how Brer Rabbit done bin rid 'im; en hit wuz des 'bout much ez Miss Meadows en de gals could do fer ter keep der snickers fum gittin' up a 'stur-bance 'mong de congergation. But, never mine dat, old Brer Rabbit, he wuz dar, en he so brash dat leetle mo' en he'd er grab up de sludge-hammer en er open up de racket 'fo' anybody gun de word; but Brer Fox, he shove Brer Rabbit out'n de way en pick up de sludge hisse'f.

Now de progance wuz dish yer: Eve'y gent were ter have three licks at de rock, en de gent w'at fetch de dus' he were de one w'at gwineter take de pick er de gals. Ole Brer Fox, he grab de sludge-hammer, he did, en he come down on de rock — *blim!* No dus' aint come. Den he draw back en down he come agin — *blam!* No dus' aint come. Den he spit in his han's, en give 'er a big swing en down she come — *kerblap!* En yit no dus' aint flewed. Den Brer Possum he make trial, en Brer Coon, en all de balance un um 'cep' Brer Tarrypin, en he 'low dat he

"He lipt up in de a'r"

got a crick in his neck. Den Brer Rabbit, he grab holt er de sludge, en he lipt up in de a'r en come down on de rock all at de same time — *pow!* — en de ashes, dey flewed up so, dey did, dat Brer Fox, he tuck'n had a sneezin' spell, en Miss Meadows en de gals dey up'n koff. Th'ee times Brer Rabbit jump up en crack his heels tergedder en come down wid de sludge-hammer — *ker-blam!* — en eve'y time he jump up, he holler out:

"Stan' fudder, ladies! Yer come de dus'!" en sho 'nuff, de dus' come.

Leas'ways, continued Uncle Remus, Brer Rabbit got one er de gals, en dey had a weddin' en a big infa'r.

Which of the girls did the Rabbit marry? asked the little boy, dubiously.

I did year tell un 'er name, replied the old man, with a great affectation of interest, but look like I done gone en fergit it off'n my mine. Ef I don't disremember, he continued, hit wuz Miss Molly Cottontail, en I speck we better let it go at dat.

24

Brer Mink Holds his Breath

ONE NIGHT when the little boy had grown tired of waiting for a story, he looked at Uncle Remus and said, I wonder what ever became of old Brother Tarrypin.

Uncle Remus gave a sudden start, glanced all around the cabin, and then broke into a laugh that ended in a yell like a view-halloo:

Well, well, well! How de name er goodness come you ter know w'at runnin' on in my mine, honey? Ole Brer Tarrypin! Now who bin year tell er de beat er dat? Dar you sets studyin' 'bout ole Brer Tarrypin, en yer I sets studyin' 'bout ole Brer Tarrypin. Hit puts me in mine er de time w'en ole Brer Tarrypin had a tussle wid Brer Mink. Hit seem like dat dey bofe live roun' de water so much en so long dey git kinder stuck up long wid it. Leas'ways, dat wuz de trouble wid Brer Mink. He jump in de water en swim en dive twel he 'gun ter b'lieve dey wan't nobody kin hole der han' 'long wid 'im.

One day Brer Mink wuz gwine long down de creek wid a nice string er fish swingin' on he walkin'-cane, w'en who should he meet up wid but ole Brer Tarrypin. De creeturs wuz all hail feller wid ole Brer Tarrypin, en no sooner is he seed Brer Mink dan he bow 'im howdy.

Ole Brer Tarrypin talk 'way down in he th'oat like he got bad cole. He 'low:

"Heyo, Brer Mink! Whar you git all dem nice string er fish?"

Brer Mink wuz mighty up-en-spoken in dem days. He 'low, he did:

"Down dar in de creek, Brer Tarrypin."

Brer Tarrypin look 'stonish'. He say, sezee:

"Well, well, well! In de creek! Who'd er b'lieved it?"

Brer Mink, sezee: "Whar I gwine ketch um, Brer Tarrypin, ef I aint ketch um in de creek?"

Ole Brer Tarrypin, sezee: "Dat's so, Brer Mink; but a highlan' man like you gwine in de creek atter fish! Hit looks turrible, Brer Mink — dat w'at it do; hit des looks turrible!"

Brer Mink, sezee: "Looks er no looks, dar whar I got um."

Brer Tarrypin sorter sway he head fum side ter side, en 'low:

"Ef dat de case, Brer Mink, den sho'ly you mus' be one er dem ar kinder creeturs w'at usen ter de water."

"Dat's me," sez Brer Mink, sezee.

"Well, den," sez Brer Tarrypin, sezee, "I'm a highlan' man myse'f, en it's bin a mighty long time sence I got my foots wet, but I don't mine goin' in washin' 'long wid you. Ef youer de man you sez you is, you kin outdo me," sezee.

Brer Mink, sezee: "How we gwine do, Brer Tarrypin?"

Ole Brer Tarrypin, sezee: "We'll go down dar ter de creek, en de man w'at kin stay und' de water de longes', let dat man walk off wid dat string er fish."

Brer Mink, sezee: "I'm de ve'y man you bin lookin' fer."

Brer Mink say he don't wanter put it off a minute. Go he would, en go he did. Dey went down ter creek en make der 'rangerments. Brer Mink lay he fish down on der bank, en 'im en ole Brer Tarrypin wade in. Brer Tarrypin he make great 'miration 'bout how cole de water is. He flinch, he did, en 'low:

"Ow, Brer Mink! Dish yer water feel mighty cole and 'taint no mo'n up ter my wais'. Goodness knows how she gwine feel w'en she git up und' my chin."

Dey wade in, dey did, en Brer Tarrypin say, sezee:

"Now, den, Brer Mink, we'll make a dive, en de man w'at stay und' de water de longes' dat man gits de fish."

Brer Mink 'low dat's de way he look at it, en den Brer Tarrypin gun de word, en und' dey went. Co'se Brer Tarrypin kin stay down in de water longer'n Brer Mink, en Brer Mink mought er knowed it. Dey stay en dey stay, twel bimeby Brer Mink bleedz ter come up, en he tuck'n kotch he breff, he did, like he mighty glad fer ter git back agin. Den atter w'ile Brer Tarrypin stuck he nose out er de water, en den Brer Mink say Brer Tarrypin kin beat 'im. Brer Tarrypin 'low:

"No, Brer Mink; hit's de bes' two out er th'ee. Ef

I beats you dis time den de fish, deyer mine; ef I gits beated, den we kin take nudder trial."

Wid dat, down dey went, but Brer Tarrypin aint mo'n dove 'fo' up he come, en w'iles Brer Mink wuz down dar honin' fer fresh a'r, he tuck'n gobble up de las' one er de fish, ole Brer Tarrypin did. He gobble up de fish, en he wuz fixin' fer ter pick he toof, but by dis time Brer Mink bleedz ter come up, en old Brer Tarrypin, he tuck'n slid down in de water. He slid so slick dat he aint lef' a bubble. He aint stay down long, needer, 'fo' he come up en he make like he teetotally out er win'.

Ole Brer Tarrypin come up, he did, en look roun', en 'fo' Brer Mink kin say a word, he holler out:

"Youer nice man, Brer Mink! Youer mighty nice man!"

"W'at I done now, Brer Tarrypin?"

"Don't ax me. Look up dar whar you bin eatin' dem fish en den ax yo'se'f. Youer mighty nice man!"

Brer Mink look roun' en, sho 'nuff, de fish done gone. Ole Brer Tarrypin keep on talkin':

"You tuck'n come up fus', en w'iles I bin down dar in de water, natally achin' fer lack er win', yer you settin' up chawin' on de fish w'ich dey oughter bin mine!"

Brer Mink stan' 'im down dat he aint eat dem fish; he 'ny it ter de las', but ole Brer Tarrypin make out he don't b'lieve 'im. He say, sezee:

"You'll keep gwine on dis away, twel atter w'ile you'll be wuss'n Brer Rabbit. Don't tell me you aint git dem fish, Brer Mink, kaze you know you is."

Hit sorter make Brer Mink feel proud kaze ole

Brer Tarrypin mix 'im up wid Brer Rabbit, kaze Brer Rabbit wuz a mighty man in dem days, en he sorter laff, Brer Mink did, like he know mo' dan he gwine tell. Ole Brer Tarrypin keep on grumblin'.

"I aint gwine ter git mad long wid you, Brer Mink, kaze hit's a mighty keen trick, but you oughter be 'shame' yo'se'f fer ter be playin' tricks on a ole man like me — dat you ought!"

Wid dat ole Brer Tarrypin went shufflin' off, en atter he git outer sight he drawed back in he house en shot de do' en laff en laff twel dey wa'n't no fun in laffin'.

25

Mr. Dog's New Shoes

WELL, den, dey wuz one time w'en ole Brer Rabbit wuz bleedz ter go ter town atter sumpin er udder fer his fambly, en he mos' 'shame' ter go kaze his shoes done wo' teetotally out. Yit he bleedz ter go, en he put des ez good face on it ez he kin, en he take down he walkin'-cane en sot out des ez big ez de nex' un.

Well, den, ole Brer Rabbit go on down de big road twel he come ter de place whar some folks bin camp out de night 'fo', en he sot down by de fire, he did, fer ter wa'm his foots, kaze dem mawnin's wuz sorter cole, like dese yer mawnin's. He sot dar en look at his toes, en he feel mighty sorry fer hisse'f.

Well, den, he sot dar, he did, en 'twant long 'fo' he year sumpin er udder trottin' down de road, en he tuck'n look up en yer come Mr. Dog a smellin' en a snuffin' roun' fer ter see ef de folks lef' any scraps by der camp-fire. Mr. Dog wuz all dress up in his Sunday-go-ter-meetin' cloze, en mo'n dat, he had on a pa'r er bran new shoes.

Well, den, w'en Brer Rabbit see dem ar shoes he feel mighty bad, but he aint let on. He bow ter Mr. Dog mighty perlite, en Mr. Dog he bow back, he did, en dey pass de time er day, kaze dey wuz ole 'quaintance. Brer Rabbit, he say:

"Mr. Dog, whar you gwine all fix up like dis?"

"I gwine ter town, Brer Rabbit; whar you gwine?"

"I thought I go ter town myse'f fer ter git me new pa'r shoes, kaze my ole uns done wo' out en dey hu'ts my foots so bad I can't w'ar um. Dem mighty nice shoes w'at you got on, Mr. Dog; whar you git um?"

"Down in town, Brer Rabbit, down in town."

"Dey fits you mighty slick, Mr. Dog, en I wish you be so good ez ter lemme try wunner um on."

Brer Rabbit talk so mighty sweet dat Mr. Dog sot right flat on de groun' en tuck off one er de behime shoes, en loant it ter Brer Rabbit. Brer Rabbit, he lope off down de road en den he come back. He tell Mr. Dog dat de shoe fit mighty nice, but wid des wunner um on, hit make 'im trot crank-sided.

Well, den, Mr. Dog, he pull off de udder behime shoe, en Brer Rabbit trot off en try it. He come back, he did, en he say:

"Dey mighty nice, Mr. Dog, but dey sorter r'ars me up behime, en I dunner 'zactly how dey feels."

Dis make Mr. Dog feel like he wanter be perlite, en he take off de befo' shoes, en Brer Rabbit put um on en stomp his foots, en 'low:

"Now dat sorter feel like shoes"; en he rack off down de road, en w'en he git whar he oughter tu'n roun', he des lay back he years en keep on gwine; en 'twant long 'fo' he git outer sight.

Mr. Dog, he holler, en tell 'im fer ter come back,

but Brer Rabbit keep on gwine; Mr. Dog, he holler, Mr. Rabbit, he keep on gwine. En down ter dis day, Mr. Dog bin a-runnin' Brer Rabbit, en ef you'll des go out in de woods wid any dog on dis place, des time he smell de rabbit track he'll holler en tell 'im fer ter come back.

26

Brer Buzzard's Gold Mine

DAR wuz nudder man dat sorter play it sharp on Brer Rabbit, said Uncle Remus. In dem days, de creeturs kyar'd on marters same ez folks. Dey went inter fahmin', en I speck ef de troof wuz ter come out, dey kep' sto', en had der camp-meetin' times en der bobbycues w'en de wedder wuz 'greeable.

I thought the Terrapin was the only one that fooled the Rabbit, said the little boy.

Hit's des like I tell you, honey. Dey aint no smart man, 'cep' w'at dey's a smarter. Ef ole Brer Rabbit hadn't er got kotch up wid, de neighbors 'ud er took 'im for a h'ant, en in dem times dey bu'nt witches 'fo' you could squinch yo' eyeballs. Dey did dat.

Who fooled the Rabbit this time? the little boy asked, and Uncle Remus proceeded with the story.

One time Brer Rabbit en ole Brer Buzzard 'cluded dey'd sorter go snacks, en crap tergedder. Hit wuz a mighty good year, en de truck tu'n out monstus well, but bimeby, w'en de time come fer divid-

"He mope roun'"

jun, hit come ter light dat ole Brer Buzzard aint got nothin'. De crap wuz all gone, en dey want nothin' dar fer ter show fer it. Brer Rabbit, he make like he in a wuss fix'n Brer Buzzard, en he mope roun', he did, like he feared dey gwineter sell 'im out.

Brer Buzzard, he aint sayin' nothin', but he keep up a monstus thinkin', en one day he come 'long en holler en tell Brer Rabbit dat he done fine rich gole-mine des 'crosst de river.

"You come en go 'longer me, Brer Rabbit," sez Brer Tukkey Buzzard, sezee. "I'll scratch en you kin grabble, en 'tween de two un us we'll make short wuk er dat gole-mine," sezee.

Brer Rabbit, he wuz high up fer de job, but he study en study, he did, how he gwineter git 'cross de water, kaze ev'y time he git his foot wet all de fambly kotch cole. Den he up'n ax Brer Buzzard how he gwine do, en Brer Buzzard he up'n say dat he kyar Brer Rabbit 'cross, en wid dat ole Brer Buzzard, he squat down, he did, en spread his wings, en Brer Rabbit, he mounted, en up dey riz.

There was a pause.

What did the Buzzard do then? asked the little boy.

Dey riz, continued Uncle Remus, en w'en dey lit, dey lit in de top er de highes' sorter pine, en de pine w'at dey lit in wuz growin' on er ilun, en de ilun wuz in de middle er de river, wid de deep water runnin' all roun'. Dey aint mo'n lit 'fo' Brer Rabbit, he know w'ich way de win' wuz blowin', en by de time ole Brer Buzzard got hisse'f balance on a lim', Brer Rabbit, he up'n say, sezee:

"W'iles we er res'n yer, Brer Buzzard, en bein's

"I got a gole-mine"

you bin so good, I got sumpin fer ter tell you," sezee. "I got a gole-mine er my own, one w'at I make my-se'f, en I speck we better go back ter mine 'fo' we bodder 'longer yone," sezee.

Den ole Brer Buzzard, he laff, he did, twel he shake, en Brer Rabbit, he sing out:

"Hole on, Brer Buzzard! Don't flop yo' wings w'en you laff, kaze den ef you does, sumpin'll drap fum up yer, en my gole-mine won't do you no good, en needer will yone do me no good."

But 'fo' dey got down fum dar, Brer Rabbit done tole all 'bout de crap, en he hatter prommus fer ter 'vide fa'r en squar'. So Brer Buzzard, he kyar 'im back, en Brer Rabbit he walk weak in de knees a mont' atterwuds.

27

The Moon in the Mill Pond

DEY wuz times, said the old man, with something like a sigh, w'en de creeturs 'ud segashuate tergedder des like dey aint had no fallin' out. Dem wuz de times w'en ole Brer Rabbit 'ud p'ten' like he gwine quit he 'havishness, en dey'd all go roun' des like dey b'long ter de same fambly connection.

One time atter dey bin gwine in cohoots dis a-way, Brer Rabbit 'gun ter feel his fat, he did, en dis make 'im git projicky dreckly. De mo' peace w'at dey had, de mo' wuss Brer Rabbit feel, twel bimeby he git res'less in de mine. W'en de sun shine he'd go en lay off in de grass en kick at de gnats, en nibble at de mullen stalk en waller in de san'. One night atter supper, w'iles he wuz romancin' roun', he run up wid ole Brer Tarrypin, en atter dey shuck han's dey sot down on de side er de road en run on 'bout ole times. Dey talk en dey talk, dey did, en bimeby Brer Rabbit say it done come ter dat pass whar he bleedz ter have some fun, en Brer Tarrypin 'low dat Brer Rabbit des de ve'y man he bin lookin' fer.

"Well den," sez Brer Rabbit, sezee, "we'll des put Brer Fox, en Brer Wolf, en Brer B'ar on notice, en termorrer night we'll meet down by de mill-pon' en have a little fishin' frolic. I'll do de talkin'," sez Brer Rabbit, sezee, "en you kin set back en say *yea,*" sezee.

Brer Tarrypin laff.

"Ef I aint dar," sezee, "den you may know de grasshopper done fly 'way wid me," sezee.

"En you neenter bring no fiddle, needer," sez Brer Rabbit, sezee, "kaze dey aint gwineter be no dancin' dar," sezee.

Wid dat, Brer Rabbit put out fer home, en went ter bed, en Brer Tarrypin bruise roun' en make his way todes de place so he kin be dar agin de 'p'inted time.

Nex' day Brer Rabbit sont word ter de udder creeturs, en dey all make great 'miration, kaze dey aint think 'bout dis deyse'f. Brer Fox, he 'low, he did, dat he gwine atter Miss Meadows en de gals.

Sho 'nuff, w'en de time come dey wuz all dar. Brer B'ar, he fotch a hook en line; Brer Wolf, he fotch a hook en line; Brer Fox, he fotch a dip-net, en Brer Tarrypin not ter be outdone, he fotch de bait.

Miss Meadows en de gals dey tuck'n stan' way back fum de aidge er de pon' en squeal eve'y time Brer Tarrypin shuck de box er bait at um.

Brer B'ar 'low he gwine ter fish fer mud-cats; Brer Wolf 'low he gwine ter fish fer horneyheads; Brer Fox 'low he gwine ter fish fer peerch fer de ladies; Brer Tarrypin 'low he gwine ter fish fer minners, en Brer Rabbit wink at Brer Tarrypin en 'low he gwine ter fish fer suckers.

Dey all git ready, dey did, en Brer Rabbit march up ter de pon' en make fer ter th'ow he hook in de water, but des 'bout dat time hit seem like he see sumpin. De udder creeturs, dey stop en watch his motions. Brer Rabbit, he drap he pole, he did, en he stan' dar scratchin' he head en lookin' down in de water.

De gals dey 'gun ter git oneasy w'en dey see dis, en Miss Meadows, she up en holler out, she did:

"Law, Brer Rabbit, w'at de name er goodness de marter in dar?"

Brer Rabbit scratch he head en look in de water. Miss Meadows, she hilt up 'er petticoats, she did, en 'low she monst'us feared er snakes. Brer Rabbit keep on scratchin' en lookin'.

Bimeby he fetch a long breff, he did, en he 'low:

"Ladies en gentermuns all, we des might ez well make tracks fum dish yer place, kaze dey aint no fishin' in dat pon' fer none er dish yer crowd."

Wid dat, Brer Tarrypin, he scramble up ter de aidge en look over, en he shuck he head, en 'low:

"Tooby sho — tooby sho! Tut-tut-tut!" en den he crawl back, he did, en do like he wukkin' he mine.

"Don't be skeered, ladies, kaze we er boun' ter take keer un you, let come w'at will, let go w'at mus'," sez Brer Rabbit, sezee. "Accidents got ter happen unter we all, des same ez dey is unter udder folks; en dey aint nothin' much de marter, 'ceppin' dat de Moon done drap in de water. Ef you don't b'lieve me you kin look fer yo'se'f," sezee.

Wid dat dey all went ter de bank en looked in; en, sho 'nuff, dar lay de Moon, a-swingin' en a-swayin' at de bottom er de pon'.

Brer Fox, he look in, he did, en he 'low, "Well, well, well!" Brer Wolf, he look in, en he 'low, "Mighty bad, mighty bad!" Brer B'ar, he look in, en he 'low, "Tum, tum, tum!" De ladies dey look in, en Miss Meadows she squall out, "Aint dat too much?" Brer Rabbit, he look in agin, en he up en 'low, he did:

"Ladies en gentermuns, you all kin hum en haw, but less'n we gits dat Moon out er de pon', dey aint no fish kin be ketch roun' yer dis night; en ef you'll ax Brer Tarrypin, he'll tell you de same."

Den dey ax how kin dey git de Moon out er dar, en Brer Tarrypin 'low dey better lef' dat wid Brer Rabbit. Brer Rabbit he shot he eyes, he did, en make like he wukkin' he mine. Bimeby, he up'n 'low :

"De nighes' way out'n dish yer diffikil is fer ter sen' roun' yer to ole Mr. Mud-Turkle en borry his seine, en drag de Moon up fum dar," sezee.

"I 'clar' ter gracious I mighty glad you mention dat," says Brer Tarrypin, sezee. "Mr. Mud-Turkle is sech close kin ter me dat I calls 'im Unk Muck, en I lay ef you sen' dar atter dat seine you won't fine Unk Muck so mighty diskommerdatin'."

Well, dey sont atter de seine, en w'iles Brer Rabbit wuz gone, Brer Tarrypin, he 'low dat he done year tell time en time agin dat dem w'at fine de Moon in de water en fetch 'im out, likewise dey'll fetch out a pot er money. Dis make Brer Fox, en Brer Wolf, en Brer B'ar feel mighty good, en dey 'low, dey did, dat long ez Brer Rabbit been so good ez ter run atter de seine, dey'll do de seinin'.

Time Brer Rabbit git back, he see how de lan'

lay, en he make like he wanter go in atter de Moon. He pull off he coat, en he wuz fixin' fer ter shuck he wescut, but de udder creeturs dey 'low dey wan't gwine ter let dry-foot man like Brer Rabbit go in de water. So Brer Fox he tuck holt er one staff er de seine, Brer Wolf he tuck holt er de udder staff, en Brer B'ar he wade 'long behime fer ter lif' de seine 'cross logs en snags.

Dey make one haul — no Moon; nudder haul — no Moon; nudder haul — no Moon. Den bimeby dey git out fudder fum de bank. Water run in Brer Fox year, he shake he head; water run in Brer Wolf year, he shake he head; water run in Brer B'ar year, he shake he head. En de fus' news you know, w'iles dey wuz a-shakin', dey come to whar de bottom shelfed off. Brer Fox he step off en duck hisse'f; den Brer Wolf duck hisse'f; en Brer B'ar he make a splunge en duck hisse'f; en, bless gracious, dey kick en splatter twel it look like dey wuz gwine ter slosh all de water outer de mill-pon'.

W'en dey come out, de gals wuz all a-snickerin' en a-gigglin', en dey well mought, kaze go whar you would, dey wa'n't no wuss lookin' creeturs dan dem; en Brer Rabbit, he holler, sezee:

"I speck you all, gents, better go home en git some dry duds, en nudder time we'll be in better luck," sezee. "I year tell dat de Moon'll bite at a hook ef you take fools fer bait, en I lay dat's de onliest way fer ter ketch 'er," sezee.

Brer Fox en Brer Wolf en Brer B'ar went drippin' off, en Brer Rabbit en Brer Tarrypin, dey went home wid de gals.

28

All the Grapes in the Neighborhood

DEY aint skacely no p'int whar ole Brer Rabbit en ole Brer Fox made der 'greements side wid wunner nudder; let alone dat dey wuz one p'int 'twix' um w'ich it wuz same ez fire en tow, en dat wuz Miss Meadows en de gals. Little ez you might speck, dem same creeturs wuz bofe un um flyin' roun' Miss Meadows en de gals. Ole Brer Rabbit, he'd go dar, en dar he'd fine ole Brer Fox settin' up gigglin' wid de gals, en den he'd skuze hisse'f, he would, en gallop down de big road a piece, en paw up de san'. En likewise ole Brer Fox, he'd sa'nter in, en fine Brer Rabbit settin' 'longside er de gals, en den he'd go out down de road en grab a simmon-bush in he mouf, en natally gnyaw de bark off'n it. In dem days, honey, creeturs wuz wuss dan w'at dey is now. Dey wuz lots wuss.

Dey went on dis a way twel, bimeby, Brer Rabbit 'gun ter cas' roun', he did, fer ter see ef he can't bus' inter some er Brer Fox 'rangerments, en, atter w'ile, one day w'en he were settin' down by de side er de road wukkin' up de diffunt oggyment w'at strak 'pun he mine, en fixin' up he tricks, des 'bout dat time he year a clatter up de long green lane, en yer come ole Brer Fox — *too-bookity — bookity — bookity-book* — lopin' 'long mo' samer dan a bay colt in de bolly-patch. En he wuz all primp up, too, mon, en he look slick en shiny like he des come outen de sto'. Brer Rabbit, he sot dar, he did, en w'en ole Brer Fox come gallopin' 'long, Brer Rabbit, he up'n hail 'im. Brer Fox, he fotch up, en dey pass de time er day wid wunner nudder monst'us perlite; en den,

"Brer Rabbit he up'n hail 'im"

bimeby atter w'ile, Brer Rabbit, he up'n say, sezee, dat he got some mighty good news fer Brer Fox; en Brer Fox, he up'n ax 'im w'at is it. Den Brer Rabbit, he sorter scratch he year wid his behime foot en say, sezee:

"I wuz takin' a walk day 'fo' yistiddy," sezee, 'w'en de fus' news I knowed I run up agin de bigges' en de fattes' bunch er grapes dat I ever lay eyes on. Dey wuz dat fat en dat big," sezee, "dat de natal juice wuz des drappin' fum um, en de bees wuz a-swawmin' atter de honey."

Right den en dar Brer Fox mouf 'gun ter water, en he look outer he eye like he de bes' fr'en' w'at Brer Rabbit got in de roun' worril. He done fergit all 'bout de gals, en he sorter sidle up ter Brer Rabbit, he did, en he say, sezee:

"Come on, Brer Rabbit," sezee, "en le's you'n me go git dem ar grapes 'fo' deyer all gone," sezee. En den ole Brer Rabbit, he laff, he did, en up'n 'spon', sezee:

"I hongry myse'f, Brer Fox," sezee, "but I aint hankerin' atter grapes, en I'll be in monst'us big luck ef I kin rush roun' yer some'rs en scrape up a bait er pusley time 'nuff fer ter keep de breff in my body. En yit," sezee, "ef you tak'n rack off atter dese yer grapes, w'at Miss Meadows en de gals gwine do? I lay dey got yo' name in de pot," sezee.

"Ez ter dat," sez ole Brer Fox, sezee, "I kin drap roun' en see de ladies atterwards," sezee.

"Well, den, ef dat's yo' game," sez Brer Rabbit, sezee, "I kin squat right flat down yer on de groun' en p'int out de way des de same ez leadin' you dar by de han'," sezee; en den Brer Rabbit sorter chaw on he cud like he gedder'n up his 'membunce, en he up'n say, sezee:

"You know dat ar place whar you went atter sweet-gum fer Miss Meadows en de gals de udder day?" sezee.

Brer Fox 'low dat he know dat ar place same ez he do he own tater-patch.

"Well, den," sez Brer Rabbit, sezee, "de grapes aint dar. You git ter de sweetgum," sezee, "en den you go up de branch twel you come ter a little patch er bamboo-briar — but de grapes aint dar. Den you follow yo' lef' han' en strike 'cross de hill twel you come ter dat big red-oak root — but de grapes aint dar. On you goes down de hill twel you come ter nudder branch, en on dat branch dars a dog-wood tree leanin' 'way over, en nigh dat dogwood dars a vine, en in dat vine, dar you'll fine yo' grapes. Dey er dat ripe," sez ole Brer Rabbit, sezee, "dat dey look like dey er done melt tergedder, en I speck you'll fine um full er bugs, but you kin take dat fine bushy tail er yone, Brer Fox," sezee, "en bresh dem bugs away."

Brer Fox 'low he much 'blije, en den he put out atter de grapes in a han'-gallop, en w'en he done got outer sight, en likewise outer year'n, Brer Rabbit, he take'n git a blade er grass, he did, en tickle hisse'f in de year, en den he holler en laff, en laff en holler, twel he hatter lay down fer ter git he breff back agin.

Den, atter so long time, Brer Rabbit he jump up, he do, en take atter Brer Fox, but Brer Fox, he aint look ter de right ner de lef', en needer do he look behime; he des keep a-rackin' 'long twel he come ter de sweetgum-tree, en den he tu'n up de branch twel he come ter de bamboo-briar, en den he tu'n squar' ter de lef' twel he come ter de big red-oak root, en den he keep on down he hill twel he come ter de udder branch, en dar he see de dogwood; en mo'n dat, dar nigh de dogwood he see de vine, en in dat vine dar wuz de big bunch er grapes. Sho 'nuff, dey wuz all kivvered wid bugs.

Ole Brer Rabbit, he'd bin a-pushin' 'long atter Brer Fox, but he des hatter scratch gravel fer ter keep up. Las' he hove in sight, en he lay off in de weeds, he did, fer ter watch Brer Fox motions. Present'y Brer Fox crope up de leanin' dogwood-tree twel he come nigh de grapes, en den he sorter balance hisse'f on a limb en gun um a swipe wid his big bushy tail, fer ter bresh off de bugs. But, bless yo' soul, honey! no sooner is he done dat dan he fetch a squall w'ich Miss Meadows vow atterwards she year plumb ter 'er house, en down he come — *kerblim!*

What was the matter, Uncle Remus? the little boy asked.

Law, honey! dat 'ceitful Brer Rabbit done fool ole Brer Fox. Dem ar grapes all so fine wuz needer mo' ner less dan a great big was'-nes', en dem bugs wuz dese yer red wassies — dese yer speeshy w'at's rank pizen fum een' ter een'. W'en Brer Fox drap fum de tree de wassies dey drap wid 'im, en de way dey wa'm ole Brer Fox up wuz sinful. Dey aint mo'n tetch 'im 'fo' dey had 'im het up ter de b'ilin' p'int. Brer Fox, he run, en he kick, en he scratch, en he bite, en he scramble, en he holler, en he howl, but look like dey git wuss en wuss. One time, hit seem like Brer Fox en his new 'quaintance wuz makin' todes Brer Rabbit, but dey aint no sooner p'int dat way, dan ole Brer Rabbit, he up'n make a break, en he went sailin' thoo de woods wuss'n wunner dese whirl-win's, en he aint stop twel he fetch up at Miss Meadows'.

Miss Meadows en de gals, dey ax 'im, dey did, wharbouts wuz Brer Fox, en Brer Rabbit, he up'n 'spon' dat he done gone a-grape-huntin', en den Miss Meadows, she 'low, she did:

"Law, gals! is you ever year de beat er dat? En dat, too, w'en Brer Fox done say he comin' ter dinner," sez she. "I lay I done wid Brer Fox, kaze you can't put no 'pennunce in dese yer men-folks," sez she. "Yer de dinner bin done dis long time, en we bin a waitin' like de quality. But now I'm done wid Brer Fox," sez she.

Wid dat, Miss Meadows en de gals dey ax Brer Rabbit fer ter stay ter dinner, en Brer Rabbit, he sorter make like he wanter be skuze, but bimeby he tuck a cheer en sot um out. He tuck a cheer, continued Uncle Remus, en he aint bin dar long twel he look out en spy ole Brer Fox gwine 'long by, en w'at do Brer Rabbit do but call Miss Meadows en de gals en p'int 'im out? Soon's dey seed 'im dey sot up a monst'us gigglement, kaze Brer Fox wuz dat swell up twel little mo'n he'd 'a' bus'. He head wuz swell up, en down ter he legs, dey wuz swell up. Miss Meadows, she up'n say dat Brer Fox look like he done gone en got all de grapes dey wuz in de neighborhoods, en one er de udder gals, she squeal, she did, en say:

"Law, aint you 'shame', en right yer 'fo' Brer Rabbit!"

En den dey hilt der han's 'fo' der face en giggle des like gals does dese days.

29

Wahoo

BRER FOX feel so bad, en he git so mad 'bout Brer Rabbit, dat he dunner w'at ter do, en he look mighty down-hearted. Bimeby, one day w'iles he wuz gwine 'long de road, old Brer Wolf come up wid 'im. W'en dey done howdyin' en axin' atter wunner nudder's fambly connection, Brer Wolf, he 'low, he did, dat der wuz sumpin wrong wid Brer Fox, en Brer Fox, he 'lowed der weren't, en he went on en laff en make great terdo kaze Brer Wolf look like he 'spicion sumpin. But Brer Wolf, he got mighty long head, en he sorter broach 'bout Brer Rabbit's kyar'ns on, kaze de way dat Brer Rabbit 'ceive Brer Fox done got ter be de talk er de neighborhood. Den Brer Fox en Brer Wolf dey sorter palavered on, dey did, twel bimeby Brer Wolf he up'n say dat he done got plan fix fer ter trap Brer Rabbit. Den Brer Fox say how. Den Brer Wolf up'n tell 'im dat de way fer ter git de trap on Brer Rabbit wuz ter git 'im in Brer Fox house. Brer Fox done know Brer Rabbit of ole, en he know dat sorter game done wo' ter a frazzle, but Brer Wolf, he talk mighty 'swadin'.

"How you gwine git 'im dar?" sez Brer Fox, sezee.

"Fool 'im dar," sez Brer Wolf, sezee.

"Who gwine do de foolin'?" sez Brer Fox, sezee.

"I'll do de foolin'," sez Brer Wolf, sezee, "ef you'll do de gamin'," sezee.

"How you gwine do it?" sez Brer Fox, sezee.

"You run 'long home, en git on de bed, en make like you dead, en don't you say nothin' twel Brer Rabbit come en put his han's onter you," sez Brer Wolf, sezee, "en ef we don't git 'im fer supper, Joe's dead en Sal's a widder," sezee.

Dis look like mighty nice game, en Brer Fox 'greed. So den he amble off home, en Brer Wolf, he march off ter Brer Rabbit house. W'en he got dar, hit look like nobody at home, but Brer Wolf he walk up en knock on de do' — *blam! blam!* Nobody come. Den he lam aloose en knock agin — *blim! blim!*

"Who dar?" sez Brer Rabbit, sezee.

"Fr'en'," sez Brer Wolf.

"Too many fr'en's spiles de dinner," sez Brer Rabbit, sezee; "w'ich un's dis?" sezee.

"I fetch bad news, Brer Rabbit," sez Brer Wolf, sezee.

"Bad news is soon tole," sez Brer Rabbit, sezee.

By dis time Brer Rabbit done come ter de do', wid his head tied up in a red hankcher.

"Brer Fox died dis mawnin'," sez Brer Wolf, sezee.

"Whar yo' moanin' gown, Brer Wolf?" sez Brer Rabbit, sezee.

"Gwine atter it now," sez Brer Wolf, sezee. "I des call by fer ter bring de news. I went down ter Brer Fox house little bit 'go, en dar I foun' 'im stiff," sezee.

Den Brer Wolf lope off. Brer Rabbit sot down en scratch his head, he did, en bimeby he say ter hisse'f dat he b'lieve he sorter drap roun' by Brer Fox house fer ter see how de lan' lay. No sooner said'n done. Up he jump, en out he went. W'en Brer Rabbit got close ter Brer Fox house, all look lonesome. Den he went up nigher. Nobody stirrin'. Den he look in, en dar lay Brer Fox stretch out on de bed des ez big ez life. Den Brer Rabbit make like he talkin' to hisse'f.

"Nobody roun' fer ter look atter Brer Fox – not even Brer Tukkey Buzzard aint come ter de funer'l,"

"Dar lay Brer Fox"

sezee. "I hope Brer Fox aint dead, but I speck he is," sezee. "Even down ter Brer Wolf done gone en lef' 'im. Hit's de busy season wid me, but I'll set up wid 'im. He seem like he dead, yit he mayn't be," sez Brer Rabbit, sezee. "W'en a man go ter see dead folks, dead folks allers raises up der behime leg en hollers, *Wahoo!*" sezee.

Brer Fox he stay still. Den Brer Rabbit he talk little louder:

"Mighty funny. Brer Fox look like he dead, yit he don't do like he dead. Dead folks hists de behime leg en hollers *Wahoo!* w'en a man come ter see um," sez Brer Rabbit, sezee.

Sho 'nuff, Brer Fox lif' up his foot en holler *Wahoo!* en Brer Rabbit he tear out de house like de dogs wuz atter 'im.

30

Mud and Water Do the Work

ONE DAY Brer Fox wuz gwine down de creek fishin'. Little ez you may think un it, Brer Fox was monst'us fon' er fishes, so eve'y chance he got he'd go

"Eve'y chance he got he'd go fishin'"

fishin'. He aint got no bait, en no pole, en no hook. He des went down de creek, en w'en he come ter a good place, he'd wade in en feel und' de rocks en und' de bank. Sometimes he'd ketch a horny-head, en den agin he'd ketch a peerch. Well, suh, he went on en went on, en he had bad luck. Look like de fishes wuz all gone fum home, but he kep' on, en kep' on. He 'low ter hisse'f dat he bleedz ter have some fish fer dinner. One time he put his han' in a crawfish nes' en got nipped, en nudder time he tetched a eel, en it made de cole chills run 'crosst 'im. Yit he kep' on.

Bimeby Brer Fox come ter whar ole Brer Mud Turkle live at. I dunner w'at make ole Brer Mud Turkle live in such a damp place like dat. Look like 'im en his folks 'ud have a bad cole de whole blessed time. But dar he wuz in de water und' de bank, layin' dar fas' 'sleep, dreamin' 'bout de good times he'd have w'en de freshet come. He wuz layin' dar wid his eyes shot, w'en de fus' news he know he feel sumpin nudder fumblin' roun' his head. 'Twant nobody but ole Brer Fox feelin' roun' und' de bank fer fishes.

Brer Mud Turkle move his head, he did, but de fumblin' kep' on, en bimeby he open his mouf en Brer Fox fumble en fumble, twel bimeby he got his han' in dar, en time he do dat, ole Brer Mud Turkle shet down on it. I let you know w'en ole Brer Mud Turkle shet down on yo' han', you got ter cut off his head, en den wait twel it thunder 'fo' he tu'n loose.

Well, suh, he shet down on ole Brer Fox, en ef you'd 'a' been anywhars in dat settlement you'd 'a' heerd squallin' den ef you aint never year none 'fo'.

"He ax Brer Fox pardon"

Brer Fox des hilt his head back en holler "Ouch! Ouch! W'at dis got me? Ouch! Tu'n me loose! Ouch! Somebody better run yer quick! Laws a massy! Ouch!"

But Brer Mud Turkle, he helt on, en he feel so much comfort dat he'd in about went ter 'sleep agin ef Brer Fox hadn't er snatched en jukked so hard en a-hollered so loud.

Brer Fox holler, en Brer Mud Turkle hole on — Brer Fox holler, en Brer Mud Turkle hole on. Dar dey wuz — nip en tug, holler en hole fas'! Bimeby it hu't so bad dat Brer Fox des fetched one loud squall en made one big pull, en out come ole Brer Mud Turkle, a-hangin' ter his han'.

Well, suh, w'en dey got out on de bank en Brer Mud Turkle sorter woke up, he tuck'n tu'n Brer Fox loose widout waitin' fer de thunder. He ax Brer Fox pardon, but Brer Fox, he aint got no pardon fer ter gi' 'im.

Brer Mud Turkle make like he skeered. He 'low, "I 'clar' ter gracious, Brer Fox! Ef I'd a knowed 'twuz you, I'd 'a' never shet down on you in de roun' worril; kaze I know w'at a dangersome man you is. I knowed yo' daddy 'fo' you, en he wuz a dangersome man."

But Brer Fox 'fuse ter listen ter dat kinder talk. He say, "I been wantin' you a long time, en now I got you. I got you right whar I want you, en w'en I git thoo wid you, yo' own folks wouldn't know you, ef dey wuz ter meet you in de middle er de road."

Brer Mud Turkle cry on one side his face en laff on tudder. He 'low, "Please, suh, Brer Fox, des let me off dis time, en I'll be good fr'en' 'long wid you all de balance er de time. Please, suh, Brer Fox, let me off dis time!"

Brer Fox say, "Oh, yes! I'll let you off, I'm all de time a-lettin' off folks w'at bite me ter de bone! Oh, yes! I'll let you off, but I'll take en skin you fus'."

Brer Mud Turkle 'low, "S'pposin' I aint got no hide on me – den w'at you gwine to do?"

Brer Fox grit his tushes. He say, "Ef you aint got no hide, I'll fine de place whar de hide oughter be – dat's w'at!"

Wid dat, he make a grab at Brer Mud Turkle's neck, but Brer Mud Turkle draw his head en his foots und' his shell, en quile up his tail, en dar he wuz. He so ole and tough he got moss on his shell. Brer Fox fool wid 'im, en gnyaw en gouge at de shell, but he des might ez well gnyaw en gouge at a flint rock. He wuk en he wuk, but 'taint do no good; he can't git Brer Mud Turkle out er his house no way he kin fix it.

Ole Brer Mud Turkle talk at 'im. He 'low, "Hard aint no name fer it, Brer Fox! You'll be jimber-jawed long 'fo' you gnyaw thoo my hide!"

Brer Fox gnyaw en gouge, en gouge en gnyaw.

Brer Mud Turkle 'low, "Dey aint but one way fer ter git dat shell off, Brer Fox!"

Brer Fox 'fuse ter make answer. He gouge en gnyaw, en gnyaw en gouge.

Brer Mud Turkle 'low, "Tushes aint gwine git it off! Claws aint gwine git it off! Yit mud en water will do de wuk. Now I'm gwine ter sleep."

Brer Fox gnyaw en gouge, en gouge en gnyaw, en bimeby he git tired, mo' speshually w'en he year ole Brer Mud Turkle layin' in dar snorin' des like somebody sawin' gou'ds. Den he sot down en watch Brer Mud Turkle, but he aint move. He do des like he sleep.

Den Brer Fox git de idee dat he'll play a trick on Brer Mud Turkle. He holler out, "Good-bye, Brer Mud Turkle! Youer too much fer me dis time. My han' hu't me so bad, I got ter go home en git a poultice on it. But I'll pay you back ef hit's de las' ack!"

Brer Fox make like he gwine off, but he des run roun' en hid in de bushes. Yit does you speck he gwine fool Brer Mud Turkle? Shoo, honey! Dat creetur got moss on his back, en he got so much sense in his head his eyes look red. He des lay dar, ole Brer Mud Turkle did, en sun hisse'f same ez he wuz on a rock in de creek. He lay dar so still dat Brer Fox got his impatients stirred up, en he come out de bushes en went ter Brer Mud Turkle en shuck 'im up en axed 'im how he gwine git de shell off.

Brer Mud Turkle 'low, "Tushes aint gwine git it off! Claws aint gwine git it off! Yit mud en water will do de wuk!"

Brer Fox say, "Don't riddle me no riddles. Up en tell me like a man how I gwine ter git yo' shell off!"

Brer Mud Turkle 'low, "Put me in de mud en rub my back hard ez you kin. Den de shell bleedz ter come off. Dat de reason dey calls me Brer Mud Turkle."

Well, suh, said Uncle Remus, laughing heartily, Brer Fox aint got no better sense dan ter b'lieve all dat truck, so he tuck en shove Brer Mud Turkle 'long twel he got 'im in de mud, en den he 'gun ter rub on his back like somebody curryin' a hoss. W'at happen den? Well, dey aint nothin' 't all happen, 'ceppin' w'at bleedz ter happen. De mo' he rub on de back, de deeper Brer Mud Turkle go in de mud. Bimeby, w'iles Brer Fox wuz rubbin' right hard, Brer Mud Turkle sorter gun hisse'f a flirt en went down out er reach. Co'se dis make Brer Fox splunge in de water, en a little mo' en he'd a drownded right den en dar. He went out on de bank, he did, en w'iles he settin' dar dryin' hisse'f he knowed dat Brer Mud Turkle wuz laffin' at 'im, kaze he kin see de signs un it. Kaze w'en Brer Fox see bubbles risin' on de water en follerin' atter wunner nudder he bleedz ter know dat Brer Mud Turkle down und' dar laffin' fit ter kill hisse'f.

31

The Creetur with No Claws

ONE DAY w'en Brer Fox went callin' on Miss Meadows en de gals, who should he fine settin' up dar but ole Brer Rabbit? Yasser! Dar he wuz, des ez sociable ez you please. He wuz gwine on wid de gals, en w'en Brer Fox drapped in dey look like dey wuz mighty tickled 'bout sumpin er udder Brer Rabbit bin sayin'. Brer Fox, he look sorter jubious, he did, des like folks does w'en dey walks up in a crowd whar de udders all a-gigglin'. He tuck'n kotch de dry grins dreckly. But dey all howdied, en Miss Meadows, she up'n say:

"You'll des hatter skuze us, Brer Fox, on de 'count er dish yer gigglement. Tooby sho, hit monst'us disperlite fer we-all to be gwine on dat a-way; but I mighty glad you come, en I sez ter de gals, sez I, ''Fo' de Lord, gals! dar come Brer Fox, en yer we is a-gigglin' en a-gwine on scan'lous; yit hit done come ter mighty funny pass,' sez I, 'ef you can't run on en laff 'fo' home folks,' sez I. Dat des 'zactly w'at I say, en I leave it ter ole Brer Rabbit en de gals yer ef 'taint."

De gals, dey tuck'n jine in, dey did, en dey make ole Brer Fox feel right splimmy-splammy, en dey all sot dar en run on 'bout dey neighbors des like folks does dese days. Dey sot dar, dey did, twel atter w'ile Brer Rabbit look out todes sundown, en 'low:

"Now, den, folks and fr'en's, I bleedz ter say goo' bye. Cloud comin' up out yan, en mos' 'fo' we know it de rain'll be a-po'in en de grass'll be a-growin'."

Brer Fox, he see de cloud comin' up, en he up'n 'low he speck he better be gittin' 'long hisse'f, kaze he aint wanter git he Sunday-go-ter-meetin' cloze wet. Miss Meadows en de gals, dey want um ter stay, but bofe er dem ar creeturs wuz mighty feared er gittin' der foots wet, en atter w'ile dey put out.

W'iles dey wuz gwine down de big road, jawin' at wunner nudder, Brer Fox, he tuck'n stop right quick, en 'low:

"Run yer, Brer Rabbit! run yer! Ef my eye aint 'ceive me, yer de signs whar Mr. Dog bin 'long, en mo'n dat dey er right fresh."

Brer Rabbit, he sidle up en look. Den he 'low:

"Dat ar track aint never fit Mr. Dog foot in de roun' worril. W'at make it mo' bindin'," sezee, "I done gone en bin 'quainted wid de man w'at make dat track too long 'go ter talk 'bout," sezee.

"Brer Rabbit, please, sir, tell me he name."

Brer Rabbit, he laff like he makin' light er sumpin er udder.

"Ef I aint make no mistakes, Brer Fox, de po' creetur w'at make dat track is Cousin Wildcat; no mo' en no less."

"How big is he, Brer Rabbit?"

"He des 'bout yo' heft, Brer Fox." Den Brer Rabbit make like he talkin' wid hisse'f. "Tut, tut, tut! Hit mighty funny dat I should run up on Cousin Wildcat in dis part er de worril. Tooby sho, tooby sho! Many en manys de time I see my ole gran'-daddy kick en cuff Cousin Wildcat, twel I git sorry 'bout 'im. Ef you want any fun, Brer Fox, right now de time ter git it."

Brer Fox up'n ax, he did, how he gwine have any fun. Brer Rabbit, he 'low:

"Easy 'nuff; des go en tackle ole Cousin Wildcat, en lam 'im roun'."

Brer Fox, he sorter scratch he year, en 'low:

"Eh-eh, Brer Rabbit, I feared. He track too much like Mr. Dog."

Brer Rabbit des set right flat down in de road, en holler en laff. He 'low, sezee:

"Shoo, Brer Fox! Who'd 'a' thunk you wuz so skeery? Des come look at dish yer track right close. Is dey any sign er claw anywhar's?"

Brer Fox bleedz ter 'gree dat dey wan't no sign er no claw. Brer Rabbit say:

"Well, den, ef he aint got no claw, how he gwine ter hu't you, Brer Fox?"

"W'at gone wid he toofs, Brer Rabbit?"

"Shoo, Brer Fox! Creeturs w'at barks de trees aint gwine bite."

Brer Fox tuck'n tuck nudder good look at de tracks, en den 'im en Brer Rabbit put out fer ter foller um up. Dey went up de road, en down de lane, en crosst de turnip patch, en down a dreen, en up a big gully. Brer Rabbit, he done de trackin', en eve'y time he fine one, he up'n holler:

"Yer nudder track, en no claw dar! Yer nudder track, en no claw dar!"

Dey kep' on en kep' on, twel bimeby dey run up wid de creetur. Brer Rabbit, he holler out mighty biggity:

"Heyo dar! W'at you doin'?"

De creetur look roun', but he aint sayin' nothin'. Brer Rabbit 'low:

"Oh, you nee'nter look so sullen! We'll make you talk 'fo' we er done 'long wid you! Come, now! W'at you doin' out dar?"

De creetur rub hisse'f agin a tree des like you see dese yer house cats rub agin a cheer, but he aint sayin' nothin'. Brer Rabbit holler:

"W'at you come pesterin' 'long wid us fer, w'en we ain't bin a-pesterin' you? You got de consate dat I dunner who you is, but I does. Youer de same ole Cousin Wildcat w'at my gran'daddy use ter kick en cuff w'en you 'fuse ter 'spon'. I let you know I got a better man yer dan w'at my gran'daddy ever is bin, en I boun' you he'll make you talk, dat w'at I boun' you."

De creetur lean mo' harder agin de tree, en sorter ruffle up he bristle, but he aint sayin' nothin'. Brer Rabbit, he 'low:

"Go up dar, Brer Fox, en ef he 'fuse ter 'spon', slap 'im down! Dat de way my gran'daddy done. You go up dar, Brer Fox, en ef he dast ter try ter run, I'll des whirl in en ketch 'im."

Brer Fox, he sorter jubious, but he start todes de creetur. Ole Cousin Wildcat walk all roun' de tree, rubbin' hisse'f, but he aint sayin' nothin'. Brer Rabbit, he holler:

"Des walk right up en slap 'im down, Brer Fox — de owdacious villyun! Des hit 'im a surbinder, en ef he dast ter run, I boun' you I'll ketch 'im."

Brer Fox, he went up little nigher. Cousin Wildcat stop rubbin' on de tree, en sot up on he behime legs wid he front paws in de a'r, en he balance hisse'f by leanin' agin de tree, but he aint sayin' nothin'. Brer Rabbit, he squall out, he did:

"Oh, you nee'nter put up yo' han's en try ter beg off. Dat de way you fool my ole gran'daddy; but you can't fool we-all. All yo' settin' up en beggin' aint gwine ter he'p you. Ef youer so humble ez all dat, w'at make you come pesterin' long er we-all? Hit 'im a clip, Brer Fox! Ef he run, I'll ketch 'im!"

Brer Fox see de creetur look so mighty humble, settin' up dar like he beggin' off, en he sorter take heart. He sidle up todes 'im, he did, en des ez he wuz makin' ready fer ter slap 'im, ole Cousin Wildcat drawed back en fotch Brer Fox a wipe 'crosst de stomach, en you mought a heerd 'im squall fum yer ter Harmony Grove. Little mo' en de creetur would er to' Brer Fox in two. W'en de creetur made a pass at 'im, Brer Rabbit knew w'at gwine ter happen, yit all de same he tuck'n holler:

"Hit 'im agin, Brer Fox! Hit 'im agin! I'm a-backin' you, Brer Fox! Ef he dast ter run, I'll in about cripple 'im — dat I will. Hit 'im agin!"

All dis time, w'iles Brer Rabbit gwine on dis a-way, Brer Fox, he wuz a squattin' down, hol'in' he stomach wid bofe han's en des a moanin':

"I'm ruint, Brer Rabbit! I'm ruint! Run fetch de doctor! I'm teetotally ruint!"

'Bout dat time, Cousin Wildcat, he tuck'n tuck a

walk. Brer Rabbit, he make like he 'stonish' dat Brer Fox is hurtid. He tuck'n 'zamin' de place, he did, en he up'n 'low:

"Hit look like ter me, Brer Fox, dat dat owdacious villyun tuck'n struck you wid a reapin'-hook."

Wid dat Brer Rabbit lit out fer home, en w'en he git out er sight, he tuck'n shuck he han's des like cat does w'en she git water on 'er foots, en he tuck'n laff en laff twel it make 'im sick fer ter laff.

32

Mr. Benjamin Ram

I SPECK we all done gone en fergot ole Mr. Benjermun Ram off'n our mine, said Uncle Remus one night, as the little boy went into the cabin with a large ram's horn hanging on his arm. Dat ole creetur wuz a sight, mon. He mos' sho'ly wuz. He wrinkly ole hawn en de shaggy ha'r on he neck make 'im look mighty suvvigus, en w'en he shake he head en snort, hit seem like he gwine ter fair paw de yeth fum und' 'im.

Ole Brer Fox bin pickin' up ole Mr. Benjermun Ram chilluns w'en dey git too fur fum home, but look like he aint never bin git close ter de ole creetur.

So one time w'en he wuz comin' on down de road, talkin' 'long wid Brer Wolf, he up'n 'low, old Brer Fox did, dat he mighty hongry in de neighborhoods er de stomach. Dis make Brer Wolf look like he 'stonished, en he ax Brer Fox how de name er goodness come he hongry w'en ole Mr. Benjermun Ram layin' up dar in de house des a rollin' in fat.

Den Brer Fox tuck'n 'low, he did, dat he done bin in de habits er eatin' Mr. Benjermun Ram chillun, but he sorter feared er de ole creetur kaze he look so bad on de 'count er he red eye en he wrinkly hawn.

Brer Wolf des holler en laff, en den he 'low:

"Lordy, Brer Fox! I dunner w'at kinder man is you, nohow! W'y, dat ar ole creetur aint never hurtid a flea in all he bawn days – dat he aint," sezee.

Brer Fox, he look at Brer Wolf right hard, he did, en den he up'n 'low:

"Heyo, Brer Wolf! many's de time dat you bin hongry roun' in dese diggin's en I aint year talk er you makin' a meal off'n Mr. Benjermun Ram," sezee.

Brer Fox talk so close ter de fatal trufe, dat Brer Wolf got tooken wid de dry grins, yit he up'n 'spon', sezee:

"I des like ter know who in de name er goodness wanter eat tough creetur like dat ole Mr. Benjermun Ram – dat w'at I like ter know," sezee.

Brer Fox, he holler en laff, he did, en den he up'n say:

"Ah-yi, Brer Wolf! You ax me w'at I goes hongry fer, w'en ole Mr. Benjermun Ram up dar in he house, yit you done bin hongry many's en many's de time, en still ole Mr. Benjermun Ram up dar in he house. Now, den, how you gwine do in a case like dat?" sez Brer Fox, sezee.

Brer Wolf, he strak de een' er he cane down 'pun de groun', en he say, sezee:

"I done say all I got ter say, en w'at I say, dat I'll stick ter. Dat ole creetur lots too tough."

Hongry ez he is, Brer Fox laff way down in he stomach. Atter w'ile he 'low:

"Well, den, Brer Wolf, stidder 'sputin' 'longer you, I'm gwine do w'at you say; I'm gwine ter go up dar en git a bait er ole Mr. Benjermun Ram, en I wish you be so good ez ter go 'long wid me fer comp'ny," sezee.

Brer Wolf jaw sorter fall w'en he year dis, en he 'low:

"Eh-eh, Brer Fox! I druther go by my own lone se'f," sezee.

"I druther go by my own lone se'f"

"Well, den," sez Brer Fox, sezee, "you better make 'as'e," sezee, "kaze 'taint gwine ter take me so mighty long fer ter go up dar en make hash out'n ole Mr. Benjermun Ram," sezee.

Brer Wolf know mighty well dat ef he dast ter back out fum a banter like dat, he never is ter year de las' un it fum Miss Meadows en de gals, en he march off todes Mr. Benjermun Ram house.

Little puff er win' come en blowed up some leafs, en Brer Wolf jump like somebody shootin' at 'im, en he fly mighty mad w'en he year Brer Fox laff. He men' he gait, he did, en 'twant long 'fo' he wuz knockin' at Mr. Benjermun Ram do'.

He knock at de do', he did, en co'se he speck somebody fer ter come open de do', but stidder dat, lo' en beholes yer come Mr. Benjermun Ram roun' de house. Dar he wuz — red eye, wrinkly hawn en shaggy head. Now, den, in case like dat, w'at a slim-legged man like Brer Wolf gwine do? Dey aint no two ways, he gwine ter git 'way fum dar, en he went back ter whar Brer Fox is mo' samer dan ef de patter-rollers wuz atter 'im.

Brer Fox, he laff en he laff, en ole Brer Wolf, he look mighty glum. Brer Fox ax 'im is he done kilt en e't Mr. Benjermun Ram, en ef so be, is he lef' any fer him. Brer Wolf say he aint feelin' well, en he don't like mutton nohow. Brer Fox 'low:

"You may be puny in de min', Brer Wolf, but you aint feelin' bad in de leg, kaze I done seed you wuk um."

Brer Wolf 'low he des a runnin' fer ter see ef 'twont make 'im feel better. Brer Fox, he say, sezee, dat w'en he feelin' puny, he aint ax no mo' dan fer somebody fer ter git out de way en let 'im lay down.

Dey went on in dis a-way, dey did, twel bimeby Brer Fox ax Brer Wolf ef he'll go wid 'im fer ter ketch Mr. Benjermun Ram. Brer Wolf, he 'low, he did:

"Eh-eh, Brer Fox! I feared you'll run en lef' me dar fer ter do all de fightin'."

Brer Fox, he 'low dat he'll fix dat, en he tuck'n got 'im a plough-line, en tied one een' ter Brer Wolf en de udder een' ter he own se'f. Wid dat dey put out fer Mr. Benjermun Ram house. Brer Wolf, he sorter hang back, but he 'shame' fer ter say he skeered, en dey went on en went on plumb twel dey git right spang up ter Mr. Benjermun Ram house.

W'en dey git dar, de ole creetur wuz settin' out in de front po'ch sorter sunnin' hisse'f. He see um comin', en w'en dey git up in hailin' distance, he sorter cle'r up he th'oat, he did, en holler out:

"I much 'blije to you, Brer Fox, fer ketchin' dat owdacious villyun en fetchin' 'im back. My smoke-'ouse runnin' short, en I'll des chop 'im up en pickle 'im. Fetch 'im in, Brer Fox! fetch 'im in!"

Des bout dat time ole Miss Ram see dem creeturs a-comin', en gentermens! you mought er yeard er blate plumb ter town. Mr. Benjermun Ram, he sorter skeered hisse'f, but he keep on talkin':

"Fetch 'im in, Brer Fox! fetch 'im in! Don't you year my ole 'oman cryin' fer 'im? She aint had no wolf meat now in gwine on mighty nigh a mont'. Fetch 'im in, Brer Fox! fetch 'im in!"

Fus' Brer Wolf try ter ontie hisse'f, den he tuck'n broke en runned, en he drag ole Brer Fox atter 'im des like he aint weigh mo'n a poun', en I let you know hit wuz many a long day 'fo' Brer Fox git well er de thumpin' he got.

Uncle Remus, said the little boy after a while, I thought wolves always caught sheep when they had the chance.

Dey ketches lambs, honey, but bless yo' soul! dey aint ketch dese yer ole-time rams wid red eye en wrinkly hawn.

33

Heyo, House!

'BOUT dat time, Brer Wolf tuck a notion dat Brer Rabbit can't outdo him. So he pick his chance one day w'iles ole Miss Rabbit en de little Rabs is out pickin' sallid fer dinner. He went in de house, he did, en wait fer Brer Rabbit ter come home. Brer Rabbit had his hours, en dis wuz one un um, en 'twant long 'fo' yer he come. He got a mighty quick eye, mon, en he tuck notice dat ev'ything mighty still. W'en he got little nigher, he tuck notice dat de front do' wuz on de crack, en dis make 'im feel funny, kaze he know dat w'en his ole 'oman en de chillun out, dey allers pulls de do' shet en ketch de latch. So he went up a little nigher, en he step thin ez a battercake. He peep here, en he peep dar, yit he aint see nothin'. He listen in de chimbly cornder, en he listen und' de winder, yit he aint year nothin'.

Den he sorter wipe his mustarsh en study. He 'low ter hisse'f, "De pot-rack know w'at gwine on up de chimbly, de rafters know who's in de loft, de bed-cord know who und' de bed. I aint no pot-rack, I aint no rafter, en I aint no bed-cord, but, please gracious! I'm gwine ter fine who's in dat house, en I aint gwine in dar needer. Dey mo' ways ter fine out who fell in de mill-pond widout fallin' in yo'-se'f."

Some folks would 'a' rushed in dar, en ef dey had, dey wouldn't 'a' rushed out no mo', kaze dey wouldn't 'a' been nothin' 't all lef' un um but a little scrap er hide en a han'ful er ha'r.

Brer Rabbit got better sense dan dat. All he ax anybody is ter des gi' 'im han'-roomance, en dem what kin ketch 'im is mo' dan welly-come ter take 'im. Dat 'zackly de kinder man w'at Brer Rabbit is. He went off a little ways fum de house en clumb a 'simmon stump en got up dar en 'gun ter holler.

He 'low, "Heyo, house!"

De house aint make no answer, en Brer Wolf, in dar behime de do', open his eyes wide. He aint know what ter make er dat kinder doin's.

Brer Rabbit holler, "Heyo, house! W'yn't you heyo?"

House aint make no answer, en Brer Wolf in dar behime de do' sorter move roun' like he gittin' restless in de mine.

Brer Rabbit out dar on de 'simmon stump holler mo' louder dan befo', "Heyo, house! Heyo!"

House stan' still, en Brer Wolf in dar behime de do' 'gun ter feel cole chills streakin' up and down his back. In all his bawn days he aint never year no gwines on like dat. He peep thoo de crack er de do', but he can't see nothin'.

Brer Rabbit holler louder, "Heyo, house! Aint

you gwine ter heyo? Is you done los' w'at little manners you had?"

Brer Wolf move 'bout wuss'n 'fo'. He feel des like some un done hit 'im on de funny-bone.

Brer Rabbit holler hard ez he kin, but still he aint git no answer, en den he 'low, "Sholy sumpin nudder is de matter wid dat house, kaze all de times 'fo' dis, it bin holler'n back at me, 'Heyo, yo'se'f!' "

Den Brer Rabbit wait little bit, en bimeby he holler one mo' time, "Heyo, house!"

Ole Brer Wolf try ter talk like he speck a house 'ud talk, en he holler back, "Heyo, yo'se'f!"

Brer Rabbit wunk at hisse'f. He 'low, "Heyo, house! w'yn't you talk hoarse like you got a bad cole?"

Den Brer Wolf holler back, hoarse ez he kin, "Heyo, yo'se'f!"

Dis make Brer Rabbit laff twel a little mo' en he'd a drapped off'n dat air 'simmon stump en hu't hisse'f.

He 'low, "Eh-eh, Brer Wolf! dat aint nigh gwine ter do. You'll hatter stan' out in de rain a mighty long time 'fo' you kin talk hoarse ez dat house!"

I let you know, continued Uncle Remus, laying his hand gently on the little boy's shoulder, I let you know, Brer Wolf come a-slinkin' out, en made a break fer home. Atter dat, Brer Rabbit live a long time wid'out any er de udder creeturs a-pesterin' un 'im!

34

Brer Rabbit Loses his Luck

IN DE DAYS w'en Brer Rabbit wuz sorter keepin' de neighborhoods stirred up, de udder creeturs wuz studyin' en studyin' de whole blessed time how dey gwine ter nab 'im. Dey aint had no holiday yit, kaze w'en de holiday come, dey'd go ter wuk, dey would, en juggle wid wunner nudder fer ter see how dey gwine ter ketch up wid Brer Rabbit. Bimeby, w'en all der plans, en der traps, en der jugglements aint do no good, dey all 'gree, dey did, dat Brer Rabbit got some cunjerment w'at he trick um wid. Brer B'ar, he up'n 'low, he did, dat he boun' Brer Rabbit is a natal bawn witch; Brer Wolf say, sezee, dat he speck Brer Rabbit des in cahoots wid a witch; en Brer Fox, he vow dat Brer Rabbit got mo' luck dan smartness. Den Jedge B'ar, he drap he head one side, he did, en he ax how come Brer Rabbit got all de luck on he own side. De mo' dey ax, de mo' dey git pestered, en de mo' dey git pestered, de wuss dey worry. Day in en day out dey wuk wid dis puzzlement; let 'lone dat, dey sot up nights; en bimeby dey 'gree 'mongst deyse'f dat dey better make up wid Brer Rabbit, en see ef dey can't fine out how come he so lucky.

W'iles all dis gwine on, ole Brer Rabbit wuz a-gal-lopin' roun' fum Funtown ter Frolicville, a-kickin' up de devilment en tarrifyin' de neighborhoods. Hit keep on dis a-way, twel one time, endurin' de odd-come-shorts, ole Jedge B'ar sont word dat one er his chilluns done bin tooken wid a sickness, en he ax won't ole Miss Rabbit drap roun' en set up wid 'im. Ole Miss Rabbit, she say, co'se she go, en atter she fill 'er satchy full er yerbs en truck, off she put.

I done fergit, said Uncle Remus, scratching his head gravely, w'ich one er dem chilluns wuz ailin'. Hit mout er bin Kubs, en hit mout er bin Klibs; but no marter fer dat. W'en ole Miss Rabbit git dar, ole Miss B'ar wuz a-settin' up in de chimbly-cornder des a-dosin' en a-nussin' de young un; en all de women er de neighborhoods wuz dar, a-whispun en a-talkin', des fer all de worril like women does dese days. It wuz:

"Come right in, Sis Rabbit! I mighty proud to see you. I mighty glad you fotch yo' knittin', kaze I'm pow'ful po' comp'ny w'en my chillun sick. Des fling yo' bonnet on de bed dar. I'm dat flustrated twel I dunner w'ich een's up skacely. Sis Wolf, han' Sis Rabbit dat rockin'-cheer dar, kaze 'taint no one step fum her house ter mine."

Dat de way ole Miss B'ar run on, en dey set dar en dey chatter en dey clatter. Ole Brer Wolf, he wuz settin' out on de back piazzer smokin' en nod-din'. He 'ud take en draw a long whiff, he would, en den he 'ud drap off ter noddin' en let de smoke oozle out thoo he nose. Bimeby ole Sis Rabbit drap 'er knittin' in 'er lap, en sing out, sez she:

"Law, Sis B'ar! I smells terbarker smoke," sez she.

Ole Sis B'ar, she jolt up de sick baby, en swap it fum one knee ter de udder, en 'low:

"My ole man bin smokin' roun' yer de whole blessed day, but soon's dish yer chile tuck sick, I des tuck'n tole 'im, sez I, fer ter take hisse'f off in de woods whar he b'long at, sez I. Yassum! I did dat! I pities any 'oman w'at 'er ole man is fer eve'lastin' stuck roun' de house w'en dey's any sickness gwine on," sez she.

Ole Brer Wolf sot out dar on de back piazzer, en he shot one eye, he did, en open um agin, en let de smoke oozle out'n he nose. Sis B'ar, she jolt de sick baby en swap it fum one knee ter de udder. Dey sot dar en talk twel bimeby der confab sorter slack up. Fus' news dey know Sis Rabbit drap 'er knittin' en fling up 'er han's en squall out:

"De gracious en de goodness! Ef I aint done come traipsin' off en lef' my ole man money-pus, en he got sumpin in dar w'at he won't take a purty fer, needer! I'm dat fergitful," sez she, "twel hit keep me miser'ble mighty nigh de whole time," sez she.

Brer Wolf, he lif' up he year en open he eye, en let de smoke oozle out'n he nose. Sis B'ar, she jolt de sick baby wuss en wuss, en bimeby, she up'n say, sez she:

"I mighty glad 'taint me, dat I is," sez she, "kaze ef I wuz ter lef' my ole man money-pus layin' roun' dat a-way, he'd des natally rip up de planks in de flo', en t'ar all de bark off'n de trees," sez she.

Ole Miss Rabbit, she sot dar, she did, en she rock en study, en study en rock, en she dunner w'at ter do. Ole Sis B'ar, she jolt en jolt de baby. Ole Brer Wolf, he let de terbarker smoke oozle thoo he nose, he did, en den he open bofe eyes en lay he pipe down. Wid dat, he crope down de back steps en lit out fer Brer Rabbit house. Brer Wolf got gait same like race-hoss, en 'taint take 'im long fer ter git whar he gwine. W'en he git ter Brer Rabbit house, he pull de latch-string en open de do', en w'en he do dis, one er de little Rabs wake up, en he holler out:

"Dat you, mammy?"

Den Brer Wolf wish he kin sing "Bye-O-Baby," but 'fo' he kin make answer, de little Rab holler out agin:

"Dat you, mammy?"

Ole Brer Wolf know he got ter do sumpin, so he tuck'n w'isper, he did:

"Sh-sh-sh! Go ter sleep, honey. De boogers'll git you!" en wid dat de little Rab 'gun ter whimple, en he whimple hisse'f off ter sleep.

Den w'en it seem like de little Rabs, w'ich dey wuz mighty nigh forty-leb'm un um, is all gone ter sleep, Brer Wolf he crope roun', he did, en feel on de mantel-shelf, en feel, en feel, twel he come ter ole Brer Rabbit money-pus. Ef he want so light wid he han', he'd 'a' knock off de pollygollic vial w'at ole Miss Rabbit put up dar. But nummine! Brer Wolf, he feel, en feel, twel he come ter de money-pus, en he grab dat, he did, en he des flewed 'way fum dar.

W'en he git out er sight en yearin', Brer Wolf look at de money-pus, en see w'at in it. Hit wuz one er dese yer kinder money-pusses wid tossle on de een' en shiny rings in de middle. Brer Wolf look in dar fer ter see w'at he kin see. In one een' dey wuz a piece er calamus-root en some collard-seeds, en in de udder een' dey wuz a great big rabbit foot. Dis make Brer Wolf feel mighty good, en he gallop off home wid de shorance un a man w'at done foun' a gole mine.

The little boy asked what Brer Rabbit did when he found the foot was gone. Uncle Remus laughed.

Hit's mighty kuse 'bout Brer Rabbit, honey. He aint miss dat money-pus fer mighty long time, yit w'en he do miss it, he miss it mighty bad. He miss it so bad dat he git right-down sick, kaze he know he bleedz ter fine dat ar foot let go w'at may, let come w'at will. He study en he study, yit 'taint do no good, en he go all roun' 'lowin' ter hisse'f:

"I know whar I put dat foot, yit I dunner whar I lef' um; I know whar I put dat foot, yit I dunner whar I lef' um."

"Brer Rabbit he study and he study"

He mope en he mope roun'. Look like Brer Wolf got all de luck en Brer Rabbit aint got none. Brer Wolf git fat, Brer Rabbit git lean; Brer Wolf run fas', Brer Rabbit lope heavy like ole Sis Cow; Brer Wolf feel funny, Brer Rabbit feel po'ly. Hit keep on dis a-way, twel bimeby Brer Rabbit know sumpin er udder bleedz ter be done. W'at do he do? Do he go off in a cornder by hisse'f, en wipe he weepin' eye? Dat he don't — dat he don't. He des tuck'n wait he chance. He wait en he wait; he wait all day, he wait all night; he wait mighty nigh a mont'. He hang roun' Brer Wolf house; he watch en he wait.

Bimeby, one day, Brer Rabbit git de news dat Brer Wolf des come back fum a big frolic. Brer Rabbit know he time comin', en he kep bofe eye open en bofe years h'ist up. Nex' mawnin' atter Brer Wolf git back fum de big frolic, Brer Rabbit see 'im come outer de house en go down ter de spring atter bucket water. Brer Rabbit, he slip up, he did, en he look in. Ole Miss Wolf, she wuz sailin' roun' fryin' meat en gittin' brekkus, en dar hangin' 'crosst 'er cheer wuz Brer Wolf wescut whar he keep his money-pus. Brer Rabbit rush up ter do' en pant like he mighty nigh fag out. He rush up, he did, en he sing out:

"Mawnin', Sis Wolf, mawnin'! Brer Wolf sont me atter de shavin-brush, w'ich he keep it in dat ar money-pus w'at I loant 'im."

Sis Wolf, she fling up 'er han's en let um drap, en she laff en say, sez she:

"I 'clar' ter gracious, Brer Rabbit! You gimme sech a tu'n, dat I aint got room ter be perlite skacely."

But mos' 'fo' she git de words out'n 'er mouf, Brer Rabbit done grab de money-pus en gone!

Which way did he go, Uncle Remus? the little boy asked, after a while.

Well, I tell you dis, Uncle Remus responded emphatically, Brer Rabbit road aint lay by de spring; I boun' you dat!

35

Trouble in the Fox Family

ONE DAY Brer Rabbit come ter whar de roads cross w'en who should he meet but ole Brer Fox, en not only Brer Fox, but two fat pullets. Brer Rabbit he howdied, en Brer Fox he hello'd, en dey jowered awhile, en 'bout de time dat Brer Fox gwineter say his so-long, Brer Rabbit, atter feelin' in his pockets en lookin' skeered like he done los' sumpin, pull out a piece er paper en hole it up. He 'low, "I wuz ter show you dis w'en I seed you."

Brer Fox, he look at it kinder sideways. He 'low, "Is dey any writin' on it? Kaze ef dey is, 'taint gwine ter do me no good fer ter look at it; I kin read readin', but I can't read writin'."

Brer Rabbit say dat's de case wid 'im, 'ceppin' dat he can read writin', but he can't read readin'. Brer Fox, he ax, he did, 'W'at do de writin' say?"

Brer Rabbit, he kinder wrinkle up his forrerd en hole out de paper like you've seed ole folks do. He make like he readin', en he 'low, "'Taint nothin' 'tall but a soople-peeny ter come ter de co't-house."

Brer Fox ax is he got time fer ter take his meat home, en Brer Rabbit 'low dat he is. Wid dat, he put out down de road, en Brer Rabbit sot right flat on de groun' en laff twel, ef you'd 'a' seed 'im, you'd 'a' said he done fine a new gigglin' place.

He follered 'long atter Brer Fox, but tuck keer fer ter keep out'n sight. He seed Brer Fox run in his house fer ter put de pullets 'way, den he run out agin, follered by his ole 'oman, en he year 'er holler out:

"You better come on back yer en he'p me wid dese chillun er yone, kaze it's a mighty fine sitiwation w'en a 'oman, en 'er not well at dat, has ter do eve'y blessed thing dey is ter be done — split up de wood ter make a fire, pick up de chips fer ter kin'le it wid, do all de cookin', all de pullin' en de haulin', en take keer er all yo' good-fer-nothin' chillun! You better come on back yer, I tell you!" By dat time Brer Fox wuz done gone.

Brer Rabbit stayed whar he wuz a right smart whet, long 'nuff fer Brer Fox ter mos' git whar he gwine, en den he sa'ntered out in de big road en make his way ter Brer Fox house. He went up, he did, monstus perlite — it look like butter won't melt in his mouf. He open de gate slow, en he make sho it wuz shet behime 'im. He went ter de do' en rap on it, en stan' dar wid his hat in his han', en look mighty 'umble-come-tumble.

Ole Miss Fox, she open de do', she did, en Brer Rabbit pass de time er day wid 'er, en den say he got a message fer 'er some'rs in his pocket, ef he kin fine it. Atter so long a time he fine de paper. He

"He went ter de do' en rap"

han' 'er dis, en Miss Fox say she aint a good han' at readin', not sence de chillun broke 'er fur-seein' specks, en she dunner w'at de name er goodness she gwine do, speshually w'en 'er ole man aint skacely got time fer ter stay at home, en w'en he does run in, hit look like de flo'll bu'n blisters on his foots, en she say ef she'd knowed at fus' w'at she know at las', she'd take two long thinks en a mighty big thunk 'fo' she'd marry anybody in de roun worril.

Brer Rabbit, he 'low, "Yassum!" en den he up en tell 'er dat he met Brer Fox en Brer Fox ax 'im how he gittin' on, en Brer Rabbit say he'd be gittin' on perty well ef he had anythin' ter eat at his house. Den Brer Fox wipe his eye en say 'taint gwine do fer Brer Rabbit ter go widout eatin'.

Ole Miss Fox break inter de tale wid, "I wish he'd

wipe his eye 'bout some er my troubles; his eye is dry 'nuff w'en he's roun' yer."

Brer Rabbit 'low, "Yassum!" en den he say dat Brer Fox 'low ez how no longer'n dat ve'y mawnin' he fotch home two fat pullets, en he say Brer Rabbit kin have 'em. Mo' dan dat Brer Rabbit say Brer Fox sot right flat in de road en writ Miss Fox a note so dat she'll know his will en desirements.

Ole Miss Fox look at Brer Rabbit mighty hard. She done tell 'im 'bout 'er fur-seein' specks, en she say dat ef de letter aint read twel she reads it, she mighty sorry fer de letter. She tuck it en tu'n it upper-side down en roun' en roun', en den han' it back ter Brer Rabbit wid, "W'at do she say?"

Brer Rabbit, he cle'red his th'oat en make out he readin', he say: "Ter all whomst it mought contrive er consarn, bofe now en present'y, be so pleased ez ter let Brer Rabbit have de pullets. I'm well at dis writin' en hopin' youer enjoyin' de same shower er blessin's."

"W'atsomever it mought er bin, 'taint no love-letter," sez ole Miss Fox, sez she, en she fotch de two fat pullets, en Brer Rabbit he mosied off home.

Brer Fox, he can't fine nobody at de co't-house whar Brer Rabbit done sont 'im, en atter so long he come back whar he en his ole 'oman live at, en ef he'd 'a' had his eyes shet, he'd 'a' knowed w'en he got dar, kaze ole Miss Fox wuz stan'in' in de do' waitin' fer 'im. She 'gun ter jaw 'im long 'fo' he got in listenin' distance, en you mought 'a' heerd 'er a mile er mo. W'en he got whar he knowed w'at she wuz sayin', he aint say nothin'; he des amble 'long twel he come ter de do'. By dat time ole Miss Fox wuz so mad dat she can't say nothin' en do jestice ter 'erse'f, so she des stan' dar en make motions wid de broom w'at she had in 'er han'.

Brer Fox, he wipe de persweat off'n his face en eyes en say, "Hit seem like ter me dat I year you talkin' ter some un des now; w'at wuz you sayin', sugar-honey?"

Soon ez she kin ketch 'er breff she 'low, "I'll sugar you! I'll honey you! W'at make you fetch vittles home ef you gwine ter sen' um off agin? W'at you wanter put yo'se'f ter de trouble er totin' um ter dis house, w'en you know you gwineter give um 'way des ez soon ez you tu'n yo' back on de place? En w'at business you got sen'in' ole Miss Rabbit de two fine fat pullets w'at you brung home, w'ich dey made me dribble at de mouf de fus' time I seed um? En I aint mo' dan seed um, 'fo' yer come ole Brer Rabbit a-bowin' en a-scrapin', en a-simperin' en a-sniggerin', en he 'low dat you done sont 'im fer de pullets. Ef it had 'a' des 'a' bin his own lone sesso, he'd 'a' never got dem pullets in de roun' worril — I'd 'a' gouged out his goozle fus' — but yer he come wid a letter w'at you writ! How come you givin' pullets ter ole Brer Rabbit en his family w'en yo' own chillun, 'twix' yo' laziness en de hard times, is gwine roun' so ga'nt dat dey can't make a shadder in de moonshine? You know mighty well — none better — dat we aint never is neighbored wid dat kinder trash, en I dunner w'at done come over you dat youer takin' vittles out'n yo' own chillun's mouf en feedin' dat rabbit brood."

Brer Fox 'low, "Does you mean fer ter stan' dar, flat-footed, en right 'fo' my face en eyes, en whar yo' own chillun kin year you, en tell me dat you tuck en give Brer Rabbit dem fine, fat pullets w'at I brung home? Does you mean fer ter tell me dat?"

She say, "Ef I done it, I done it kaze you writ en tell me fer ter do it."

Brer Fox 'low, "Is you got de imperdence ter tell me dat des kaze Brer Rabbit han' you a piece er paper wid sumpin er udder marked on it you aint got nothin' better ter do dan ter up en give 'im de fine, fat pullets w'at I brung home fer ter make some chicken pie?"

Dis make ole Miss Fox so mad dat she can't see straight, en w'en she git so she kin talk plain, she vow she gwine ter hu't Brer Rabbit ef it tuck a lifetime fer ter do it. En dar wuz Brer Fox des ez mad, ef not madder. Dey bofe sot down en grit der tushes en mumble en growl like dey talkin' ter deyse'f, en bimeby Brer Fox, he say, "I'm gwine ter git some rabbit meat fer ter make up fer de chicken w'at you done give 'way. You keep sweepin' yer in front er de do', en w'iles you sweepin', make out you talkin' ter me like I'm in de house. Brer Rabbit, he'll be comin' long de road atter so long, en I'll come up on 'im w'en he aint thinkin' 'bout it."

So said; so done. Miss Fox she sweep en sweep, en w'iles she sweepin', she make out she talkin' ter Brer Fox w'iles he in de house. She say, "You better come out'n dar en go on 'bout yo' business ef you got any. Yer I'm constant a-gwine fum mawnin' twel night, en dar you is a-loungin' roun'. You better come on out'n dar en go fine sumpin er udder ter eat fer yo' fambly."

Dat's de way she talk w'iles she wuz pertendin'

ter sweep, en des 'bout dat time up come ole Brer Rabbit wid a mighty perlite bow. He tuck off his hat, he did, "Good evenin' dis evenin', Miss Fox. I hope I see you well, ma'am."

Miss Fox 'low dat she aint ez peart ez she look ter be en mo' dan dat 'er ole man layin' in de house right now wid a mighty bad case er de influendways.

Brer Rabbit say he wuz mighty sorry, but hit's w'at we all got ter look out fer, kaze 'zease en trouble, en one thing en nudder, is all de time makin' de roun's er de places whar folks live at. Den ole Brer Rabbit kinder hole his head on one side en sorter smile. He up'n ax, he did, "Miss Fox, how you like dat cut er caliker w'at Brer Fox done bought you fer ter make a frock out'n?"

Miss Fox lean 'er broom agin de house en put 'er han's on er hips en make Brer Rabbit say over w'at he done tole 'er. "Well, well, well," sez ole Miss Fox, sez she, "a caliker frock, en I aint never lay eyes on it! Ef dat don't beat my time!"

Brer Rabbit, he put his han' over his mouf en koff sorter sof'. He 'low, he did, "You'll hatter skuzen me, ma'am," sezee, 'I'm 'feared I done gone en said sumpin dat I oughtn' ter say. W'en I knows w'at I'm a-doin', I never likes fer ter come 'twix' man en wife ef I kin he'p myse'f — no, ma'am, not me! Yit Brer Fox is right dar in de house en you kin ax 'im ef you don't b'lieve me."

Fer one long minute Miss Fox wuz so mad dat she hatter wait twel she kotch 'er breff 'fo' she kin say a word. Quick ez she kin she holler out, "No, he aint in de house; he's out yan tryin' fer ter slip up on you 'bout dem pullets."

"I'm glad you got dat idee," sez Brer Rabbit, sezee, "kaze hit's liable fer ter keep down trouble. Ef you wuz a man, Miss Fox, you *mought* git de idee dat he seed me comin' en wuz hidin' out kaze he feared I'd ax you 'bout dat frock. It sho wuz a mighty purty piece er caliker, en ef I'd 'a' knowed den w'at I knows now, I'd 'a' got it fum Brer Fox en give it ter my ole 'oman, I sho would!"

Wid dat Brer Rabbit make his bow en light out fum dar, en he wan't none too soon needer, kaze he aint mo'n got in de bushes whar he kin hide hisse'f 'fo' yer come ole Brer Fox. He look all roun', but he aint see nobody but his ole 'oman, kaze Brer Rabbit done gone 'long. Brer Fox say, sezee, "Whar is de triflin' scoundul? I seed 'im stan'in' right yer — whar is he? Whar he gone?"

Ole Miss Fox she up wid de broom en hit 'im a biff side de head dat come mighty nigh knockin' 'im inter one er de 'j'inin' counties. "Dat's whar he is," sez she, en she fetch 'er ole man a whack 'crosst de backbone.

Ole Brer Fox tuck a notion dat he bin struck by lightnin'. He fell down en roll over, en by de time dat ole Miss Fox had mighty nigh wo' de broom out, he fine out w'at wuz happenin'. He holler out, "W'y, laws-a-massy, honey, w'at de matter wid you? W'at you biffin' me fer? *I* aint Brer Rabbit. Ow! Please, honey, don't bang me so hard; I aint gwine do it no mo'."

Ole Miss Fox sez, sez she, "Ah-yi! You owns up, does you? You aint gwine do it no mo', aint you? Now whar my fine caliker frock?" All de time she wuz talkin' she wuz wipin' 'im up wid de broom.

Mon, de way she beat dat creetur wuz a start-natchul scannul.

Well, w'en Brer Fox got out'n reach en she kinder cooled down, she up en ax 'im 'bout de caliker frock en w'at de name er goodness is he done wid it, en ef he aint brung it home unbeknownst ter 'er, who in de dashes en de dickenses is he give it to?

He vow he aint seed no caliker frock, en she 'low dat he done say w'iles she wuz a-biffin' 'im dat he aint gwine do it no mo'.

Brer Fox say he aint know w'at she wuz beatin' 'im fer, en he was mos' bleedz ter promise not ter do it no mo' kaze she wuz hurtin' 'im so bad. Dey put der heads togedder, dey did, en collogue en confab 'bout how dey gwineter git even wid Brer Rabbit, kaze dey wan't no fine caliker frock en needer is dey got de two fat pullets. Dar dey wuz — no frock en no pullets, en Brer Rabbit still cuttin' up his capers en playin' his pranks on eve'ythin' en eve'ybody.

36

Just One 'Simmon More

ONE TIME ole Brer Possum, he git so hongry, he did, dat he bleedz fer ter have a mess er 'simmons. He monstus lazy man, ole Brer Possum wuz, but bimeby his stomach 'gun ter growl en holler at 'im so dat he des hatter rack roun' en hunt up sumpin; en w'iles he wuz rackin' roun', who sh'd he run up wid but Brer Rabbit, en dey wuz hail-fellers, kaze Brer Possum, he aint bin bodder'n Brer Rabbit like dem udder creeturs. Dey sot down by de side er de big road, en dar dey jabber en confab 'mong wunner nudder, twel bimeby old Brer Possum, he take 'n tell Brer Rabbit dat he mos' pe'sh out, en Brer Rabbit, he lip up in de a'r, he did, en smack his han's tergedder, en say dat he know right whar Brer Possum kin git a bait er 'simmons. Den Brer Possum, he say whar, en Brer Rabbit, he say w'ich 'twuz over at Brer B'ar's 'simmon orchard.

Did the Bear have a 'simmon orchard, Uncle Remus? the little boy asked.

"He lip up in de a'r"

Co'se, honey, kaze in dem days Brer B'ar wuz a bee-hunter. He make his livin' findin' bee trees, en de way he fine um he plant 'im some 'simmon-trees, w'ich de bees dey'd come ter suck de 'simmons en den ole Brer B'ar he'd watch um whar dey'd go, en den he'd be mighty ap' fer ter come up wid um. No matter 'bout dat, de 'simmon patch wuz dar des like I tell you, en ole Brer Possum mouf 'gun ter water soon's he year talk un um, en mos' 'fo' Brer Rabbit done tellin' 'im de news, Brer Possum, he put out, he did, en 'twant long 'fo' he wuz peerch up in de highes' tree in Brer B'ar 'simmon patch. But Brer Rabbit, he done 'termin' fer ter see some fun, en w'iles all dis wuz gwine on, he run roun' ter Brer B'ar house, en holler en tell 'im w'ich dey wuz somebody 'stroyin' un his 'simmons, en Brer B'ar, he hustle off fer ter ketch 'im.

Eve'y now en den Brer Possum think he year Brer B'ar comin', but he keep on sayin', sezee:

"I'll des git one 'simmon mo' en den I'll go; one 'simmon mo' en den I'll go."

Las' he year Brer B'ar comin' sho 'nuff, but 'twuz de same ole chune — "One 'simmon mo' en den I'll

"Brer B'ar gain eve'y jump"

go" — en des 'bout dat time Brer B'ar busted inter de patch, en gin de tree a shake, en Brer Possum, he drapped out 'long er de udder ripe 'simmons, but time he totch de groun' he got his foots tergedder, en he lit out fer de fence same ez a race-hoss, en 'crosst dat patch him en Brer B'ar had it, en Brer B'ar gain' eve'y jump, twel time Brer Possum make de fence Brer B'ar grab 'im by de tail, en Brer Possum, he went out 'tween de rails en gin a powerful juk en pull his tail out 'twix' Brer B'ar tushes; en, lo en beholes, Brer B'ar hole so tight en Brer Possum pull so hard dat all de ha'r come off in Brer B'ar's mouf, w'ich, ef Brer Rabbit hadn't er happen up wid a gou'd er water, Brer B'ar'd er got strankle.

Fum dat day ter dis, said Uncle Remus, knocking the ashes carefully out of his pipe, Brer Possum aint had no ha'r on his tail, en needer do his chilluns.

37

Agin the Law

I DONE tell you 'bout Brer Rabbit but I aint tell you 'bout how Brer Rabbit got ole Brer Wolf out'n er mighty bad fix. Brer Rabbit sorter 'low ter hisse'f dat he speck he sorter rack roun' mongst de udder creeturs.

He sorter primp up, Brer Rabbit did, en den he start out 'pun he journeys hether en yan. He tuck'n went ter de cross-roads, en dar he stop en choose 'im a road. He choose 'im a road, he did, en den he put out des like he bin sent fer in a hurry.

Brer Rabbit gallop on, he did, talkin' en laffin', wid hisse'f, en eve'y time he pass folks, he'd tu'n it off en make like he singin'. He wuz gwine on dis a-way, w'en fus' news you know he tuck'n year sumpin. He stop talkin' en 'gun ter hum a chune, but he aint meet nobody. Den he stop en listen en he year sumpin holler:

"O Lordy! Lordy! Won't somebody come he'p me?"

Brer Rabbit year dis, en he stop en listen. 'Twant long 'fo' sumpin er udder holler out:

"Lordy, Lordy! Please, somebody, come en he'p me."

Brer Rabbit, he h'ist up he years, he did, en make answer back:

"Who is you, nohow, en w'at de name er goodness de marter?"

"Please, somebody, do run yer!"

Brer Rabbit, he tuck'n stan' on th'ee legs fer to make sho er gittin' a good start ef dey wuz any needs un it, en he holler back:

"Wharbouts is you, en how come you dar?"

"Do please, somebody, run yer en he'p a po' miser'ble creetur. I'm down yer in de big gully und' dish yer great big rock."

Ole Brer Rabbit bleedz ter be mighty 'tickler in dem days, en he crope down ter de big gully en look in, en who de name er goodness you speck he seed down dar? Nobody in de roun' worril but dat ar ole Brer Wolf. He wuz layin' down dar in de big gully, en, bless gracious! 'pun top un 'im wuz a great big rock, en ef you want ter know de reason dat ar great big rock aint teetotally kilt Brer Wolf, den you'll hatter ax some un w'at know mo' 'bout it dan w'at I does, kaze hit look like ter me dat it des oughter mash 'im flat.

Yit dar he wuz, en let 'lone bein' kilt, he got strenk 'nuff lef' fer ter make folks year 'im holler a mile off, en he holler so lonesome dat it make Brer Rabbit feel mighty sorry, en no sooner is he feel sorry dan he hol' he coattails out de way en slid down de bank fer ter see w'at he kin do.

W'en he git down dar Brer Wolf ax 'im please, sir, kin he he'p 'im wid de removance er dat ar rock, en Brer Rabbit 'low he speck he kin; en wid dat Brer Wolf holler en tell 'im fer massy sake won't he whirl in en do it, w'ich Brer Rabbit tuck'n ketch holt er de rock en hump hisse'f, en 'twant long 'fo' he git a purchis on it, en, bless yo' soul, he lif' 'er up des like nigger at de log-rollin'.

Hit tu'n out dat Brer Wolf aint hurtid much, en w'en he fine dis out, he tuck'n tuck a notion dat ef he ev' gwine git he revengeance out'n Brer Rabbit, right den wuz de time, en no sooner does dat come 'crosst he mine dan he tuck'n grab Brer Rabbit by de nap er de neck en de small er de back.

Brer Rabbit he kick en squeal, but 'taint do no manner er good, kaze de mo' w'at he kick de mo' tighter Brer Wolf clamp 'im, w'ich he squoze 'im so hard dat Brer Rabbit wuz feared he wuz gwine ter cut off he breff. Brer Rabbit, he 'low:

"Well, den, Brer Wolf! Is dish yer de way you thanks folks fer savin' yo' life?"

Brer Wolf grin big, en den he up'n 'low:

"I'll thank you, Brer Rabbit, en den I'll make fresh meat out'n you."

Brer Rabbit 'low, he did:

"Ef you talk dat away, Brer Wolf, I never is to do you nudder good tu'n w'iles I live."

Brer Wolf, he grin some mo' en 'low:

"Dat you won't, Brer Rabbit, dat you won't! You won't do me no mo' good tu'n twel youer dead."

Brer Rabbit, he sorter study ter hisse'f, he did, en den he 'low:

"Whar I come fum, Brer Wolf, hit's agin de law

fer folks fer ter kill dem w'at done done um a good tu'n, en I specks hit's de law right roun' yer."

Brer Wolf say he aint so mighty sho 'bout dat. Brer Rabbit say he willin' fer ter lef' de whole case wid Brer Tarrypin, en Brer Wolf say he 'gree'ble.

Wid dat, dey put out, dey did, en make der way ter whar ole Brer Tarrypin stay, en w'en dey git dar, Brer Wolf he tuck'n tell he side, en den Brer Rabbit he tuck'n tell he side. Ole Brer Tarrypin put on he specks en cle'r up he th'oat, en den he 'low:

"Deys a mighty heap er mixness in dish yer 'spute, en 'fo' I kin take any sides you'll des hatter kyar me fer ter see de place wharbouts Brer Wolf wuz w'en Brer Rabbit foun' 'im," sezee.

Sho 'nuff, dey tuck'n kyared ole Brer Tarrypin down de big road twel dey come ter de big gully, en den dey tuck 'im ter whar Brer Wolf got kotch und' de big rock. Ole Brer Tarrypin, he walk roun', he did, en poke at de place wid de een' er he cane. Bimeby he shuck he head, he did, en 'low:

"I hates might'ly fer ter put you-all gents ter so much trouble; yit, dey aint no two ways, I'll hatter see des how Brer Wolf was kotch, en des how de rock wuz layin' 'pun top un 'im," sezee. "De older folks gits, de mo' trouble dey is," sezee, "en I aint 'nyin' but w'at I'm a-ripenin' mo' samer dan a 'simmon w'at's bin strucken wid de fros'," sezee.

Den Brer Wolf, he tuck'n lay down whar he wuz w'en Brer Rabbit foun' 'im, en de udders dey up'n roll de rock 'pun top un 'im. Dey roll de rock 'pun 'im, en dar he wuz. Brer Tarrypin, he walk all roun' en roun', en look at 'im. Den he sot down, he did, en make marks in de san' wid he cane like he studyin' 'bout sumpin er udder. Bimeby, Brer Wolf, he open up:

"Ow, Brer Tarrypin! Dish yer rock gittin' mighty heavy!"

Brer Tarrypin, he mark in de san', en study, en study. Brer Wolf holler:

"Ow, Brer Tarrypin! Dish yer rock mashin' de breff out'n me."

Brer Tarrypin, he r'ar back, he did, en he 'low, sezee:

"Brer Rabbit, you wuz in de wrong. You aint had no business fer ter come bodderin' long er Brer Wolf w'en he aint bodderin' long er you. He wuz 'ten'in' ter he own business en you oughter bin 'ten'in' ter yone."

Dis make Brer Rabbit look 'shame' er hisse'f, but Brer Tarrypin talk right erlong:

"W'en you wuz gwine down dish yer road dis mawnin', you sho'ly mus' bin a-gwine som'ers. Ef you *wuz* gwine som'ers, you better be gwine on. Brer Wolf, he wa'n't gwine nowhars den, en he aint gwine nowhars now. You foun' 'im und' dat ar rock, en und' dat ar rock you lef' 'im."

En, bless gracious! exclaimed Uncle Remus, dem ar creeturs racked off fum dar en lef' ole Brer Wolf und' dat ar rock.

38

The Bag in the Corner

ONE TIME Brer Fox wuz gwine on down de big road, en he look ahead en he see ole Brer Tarrypin makin' he way on todes home. Brer Fox 'low dis a mighty good time fer ter nab ole Brer Tarrypin, en no sooner is he thunk it dan he put out back home, w'ich 'twant but a little ways, en he git 'im a bag. He come back, he did, en he run up behime ole Brer Tarrypin en flip 'im in de bag en sling de bag 'crosst he back en go gallin-up back home.

Brer Tarrypin, he holler, but 'taint do no good, he rip en he r'ar, but 'taint do no good. Brer Fox des keep on a-gwine, en 'twant long 'fo' he had ole Brer Tarrypin slung up in de cornder in de bag, en de bag tied up hard en fas'.

But w'iles all dis gwine on, Brer Rabbit wuz settin' right dar in de bushes by de side er de road, en w'en he see Brer Fox go trottin' by, he ax hisse'f w'at is it dat creetur got in dat ar bag.

He ax hisse'f, he did, but he dunno. He wonder

en he wonder, yit de mo' he wonder de mo' he dunno. Brer Fox, he go trottin' by, en Brer Rabbit, he sot in de bushes en wonder. Bimeby he 'low ter hisse'f, he did, dat Brer Fox aint got no business fer ter be trottin' 'long down de road, totin' doin's w'ich udder folks dunner wa't dey is, en he 'low dat dey won't be no great harm done ef he take atter Brer Fox en fine out w'at he got in dat ar bag.

Wid dat, Brer Rabbit, he put out. He aint got no bag fer ter tote, en he pick up he foots mighty peart. Mo'n dat, he tuck'n tuck a nigh-cut, en by de time Brer Fox git home, Brer Rabbit done had time fer ter go roun' by de watermillion-patch en do some er he devilment, en den atter dat he tuck'n sot down in de bushes whar he kin see Brer Fox w'en he come home.

Bimeby yer come Brer Fox wid de bag slung 'crosst he back. He onlatch de do', he did, en he go in en sling Brer Tarrypin down in de cornder, en set down front er de h'ath fer ter res' hisse'f.

Brer Fox aint mo'n lit he pipe, 'fo' Brer Rabbit stick he head in de do' en holler:

"Brer Fox! O Brer Fox! You better take yo' walkin'-cane en run down yan. Comin' 'long des now I year a mighty fuss, en I look roun' en dar wuz a whole passel er folks in yo' watermillion-patch des a-trompin' roun' en a-t'arin' down. I hollered at um, but dey aint pay no 'tention ter little man like I is. Make 'as'e, Brer Fox! make 'as'e! Git yo' cane en run down dar. I'd go wid you myse'f, but my ole 'oman ailin' en I bleedz ter be makin' my way todes home. You better make 'as'e, Brer Fox, ef you wanter git de good er yo' watermillions. Run, Brer Fox! run!"

Wid dat Brer Rabbit dart back in de bushes, en Brer Fox drap he pipe en grab he walkin'-cane en put out fer he watermillion-patch, w'ich 'twere down on de branch; en no sooner is he gone dan ole Brer Rabbit come out de bushes en make he way in de house.

He go so easy dat he aint make no fuss; he look roun' en dar wuz de bag in de cornder. He kotch holt er de bag en sorter feel un it, en time he do dis, he year sumpin holler:

"Ow! Go 'way! Lem me 'lone! Tu'n me loose! Ow!"

Brer Rabbit jump back 'stonished. Den 'fo' you kin wink yo' eye-ball, Brer Rabbit slap hisse'f on de leg en break out in a laff. Den he up'n 'low:

"Ef I aint make no mistakes, dat ar kinder fuss kin come fum nobody in de roun' worril but ole Brer Tarrypin."

Brer Tarrypin, he holler, sezee:

"Aint dat Brer Rabbit?"

"De same," sezee.

"Den whirl in en tu'n me out. Meal dus' in my th'oat, grit in my eye, en I aint kin git my breff, skacely. Tu'n me out, Brer Rabbit."

Brer Tarrypin talk like somebody down in a well; Brer Rabbit he holler back: "Youer lots smarter den w'at I is, Brer Tarrypin—lots smarter. Youer smarter en pearter. Peart as I come yer, you is ahead er me. I know how you git in de bag, but I dunner how de name er goodness you tie yo'se'f up in dar, dat I don't."

Brer Tarrypin try ter 'splain, but Brer Rabbit keep on laffin', en he laff twel he git he fill er laffin';

en den he tuck'n ontie de bag en take Brer Tarrypin out en tote 'im way off in de woods. Den, w'en he done dis, Brer Rabbit tuck'n run off en git a great big hornet-nes' w'at he see w'en he comin' long. Brer Rabbit tuck'n slap he han' 'crosst de little hole, den he tuck'n tuck it ter Brer Fox house, en put it in de bag whar Brer Tarrypin bin.

He put de hornet-nes' in dar, continued Uncle Remus, lowering his voice, and becoming very grave, en den he tie up de bag des like he fine it. Yit 'fo' he put de bag back in de cornder, w'at do dat creetur do? I aint settin' yer ef dat ar creetur aint grab dat bag en slam it down agin de flo', en hit it agin de side er de house twel he git dem hornets all stirred up, en den he put de bag back in de cornder, en go out in de bushes ter whar Brer Tarrypin waitin', en den bofe un um sot out dar en wait fer ter see w'at de upshot gwine ter be.

Bimeby, yer come Brer Fox back fum he water-million-patch en he look like he mighty mad. He strak he cane down 'pun de groun', en do like he gwine take he revengeance out'n po' ole Brer Tarrypin. He went in de do', Brer Fox did, en shot it atter 'im. Brer Rabbit en Brer Tarrypin listen, but dey aint year nothin'.

But bimeby, fus' news you know, dey year de mos' owdacious racket, tooby sho. Seem like, fum whar Brer Rabbit en Brer Tarrypin settin' dat dey wuz a whole passel er cows runnin' roun' in Brer Fox house. Dey year de cheers a-fallin', en de table tu'nin' over, en de crock'ry breakin', en den de do' flewed open, en out come Brer Fox, a-squallin' like de Ole Boy wuz atter 'im. En sech a sight ez dem

"Dey gun 'im binjer!"

t'er creeturs seed den en dar aint never bin seed 'fo' ner sence.

Dem hornets des swarmed on top er Brer Fox. 'Leb'm dozen un um 'ud hit at one time, en look like dat ar creetur bleedz ter fine out fer hisse'f w'at pain en suffer'n is. Dey bit 'im en dey stung 'im, en fur ez Brer Rabbit en Brer Tarrypin kin year 'im, dem hornets wuz des a nailin' 'im. Gentermens! dey gun 'im binjer!

Brer Rabbit en Brer Tarrypin, dey sot dar, dey did, en dey laff en laff, twel bimeby, Brer Rabbit roll over en grab he stomach, en holler:

"Don't, Brer Tarrypin! don't! One giggle mo' en you'll hatter tote me."

39

The Gizzard-Eater

BRER RABBIT wuz a mighty man at a frolic. I don't speck he'd show up much in dese days, but in de times w'en de creeturs wuz bossin' dey own jobs, Brer Rabbit wuz up fer perty nigh eve'thin' dat wuz gwine on ef dey wan't too much wuk in it. Dey couldn't be a dance er a quiltin' nowhars roun' but w'at he'd be dar. He wuz fus' ter come en las' ter go.

Well, dey wuz one time w'en he went too fur en stayed too late, kaze a big rain come endurin' de time w'en dey wuz playin' en dancin', en w'en Brer Rabbit put out fer home, he foun' dat a big freshet done come en gone. De dreens had got ter be creeks, de creeks had got ter be rivers, en de rivers — well, I aint gwine ter tell you w'at de rivers wuz kaze you'd think dat I done tole de trufe good-bye. By makin' big jumps en gwine outer his way Brer Rabbit manage fer ter git ez close ter home ez de creek, but w'en he git dar, de creek wuz so wide dat hit make 'im feel like he bin los' so long dat his fambly done fergot 'im. Many en many a time had he crossed dat creek on a log, but de log done gone, en de water wuz spread out all over creation. De water wuz wide, but dat wan't mo'n half — hit look like

"De wettes' water dat Brer Rabbit ever lay eyes on"

hit wuz de wettes' water dat Brer Rabbit ever lay eyes on.

Dey wuz a ferry dar fer times like dis, but it look

like hit wuz a bigger freshet dan w'at dey had counted on. Brer Rabbit, he sot on de bank en wipe de damp out'n his face en eyes en den he hollered fer de man w'at run de ferry, en he hollered so loud en he hollered so long dat he woke up ole Brer Yalligater.

Now it aint make ole Brer Yalligater feel so good fer ter be wokened up at dat hour, kaze he'd des had a nice supper er pine-knots en sweet 'taters, en he wuz layin' out at full lenk on his mud bed. He 'low ter hisse'f, he did, "Who in de nation is dis tryin' fer ter holler de bottom outer de creek?" He listen en den he tu'n over en listen agin. He shot one eye en den he shot de udder one, but dey aint no sleepin' in dat neighborhood, en he riz ter de top wid no mo' fuss dan a fedder-bed makes w'en you let it 'lone.

He riz, he did, en his two eyes look des zackly like two bullets floatin' on de water. He riz en wunk his eye en ax Brer Rabbit howdy, en mo' speshually how is his daughter.

Brer Rabbit, he say dat dey aint no tellin' how his daughter is, kaze w'en he lef' home 'er head wuz a-swellin'. He say dat some er de neighbors' chillun come by en flung rocks at 'er en wunner um hit 'er on top er de head right whar de cow-lick is, en he hatter run atter de doctor.

Brer Yalligater 'low: "You don't tell me, Brer Rabbit, dat hit's come ter dis! Yo' chillun gittin' chunked by yo' neighbors' chillun! Well, well, well! I wish you'd tell me wharbouts hit's all a-gwine ter een' at. Why, hit'll git so atter w'ile dat dey aint no peace anywhar's 'ceppin' at my house in de bed er de creek."

Brer Rabbit say, "Aint it de trufe? En not only does Brer Fox chillun chunk my chillun on dey cow-licks, but no sooner is I gone atter de doctor dan yer come de creek a-risin'. I may be wrong, but I aint skeered ter say dat hit beats anythin' I ever is lay eyes on. Over yan' in de fur woods is whar my daughter is layin' wid de headache, en yer's 'er pa, en 'twix' us is de b'ilin' creek. Ef I wuz ter try ter wade, ten ter one de water ud be over my head, en ef not dat bad, all de pills w'at de doctor gimme 'ud melt in my pocket. En dey mought pizen me, kaze de doctor aint say dey wuz ter be tuck outside."

Ole Brer Yalligater float on de water like he aint weigh no mo' dan wunner dese yer postitch stomps, en he try ter drop a tear. He groan, he did, en float backerds en forrerds like a tired canoe. He say, "Brer Rabbit, ef dey ever wuz a rover you is one. Up you come en off you go, en dey aint no mo' keepin' up wid you dan ef you had wings. Ef you think you kin stay in one place long 'nuff, I'll try ter put you 'crosst de creek."

Brer Rabbit kinder rub his chin w'iles he wiggle his nose. He 'low, sezee, "Brer 'Gater, how deep is dat water w'at you floatin' in?"

Brer Yalligater say, sezee, "Brer Rabbit, ef me en my ole 'oman wuz ter jine heads en I wuz ter stan' on de tip-een' er my tail, dey'll still be room 'nuff fer all er my chillun 'fo' we tetch bottom."

Brer Rabbit, he fell back like he gwineter faint. He 'low, "Brer 'Gater, you don' tell me! You sholy don' mean dem las' words! Why, you make me feel like I'm fudder fum home dan dem w'at's los' fer good! How de name er goodness you gwineter put me 'crosst dis slippery water?"

Brer Yalligater, he blow a bubble er two out'n his nose en den he say, sezee, "Ef you kin stay still in one place long 'nuff, I'm gwineter take you 'crosst on my back. You nee'nter say thanky, yit I want you ter know dat I aint eve'ybody's water-hoss."

Brer Rabbit, he 'low, sezee, "I kin well b'lieve dat, Brer 'Gater, but somehow I kinder got a notion dat yo' tail mighty limber. I year ole folks say dat you kin knock a chip fum de back er yo' head wid de tip-een' er yo' tail en never half try."

Brer Yalligater smack his mouf en say, sezee, "Limber my tail may be, Brer Rabbit, en fur-reachin', but don't blame me. Hit wuz dat a-way w'en it wuz gun ter me. Hit's all j'inted up 'cordin' ter natur'."

Brer Rabbit, he study en study, en de mo' he study, de wuss he like it. But he bleedz ter go home — dey wan't no two ways 'bout dat — en he 'low, sezee, "I speck w'at you say is some'rs in de neighborhoods er de trufe, Brer 'Gater, en mo' dan dat, I b'lieve I'll go 'long wid you. Ef you'll ride up a leetle closer, I'll make up my mine so I won't keep you waitin'."

Brer Yalligater, he float by de side er de bank same ez a cork out'n a pickle bottle. He aint do like he in a hurry kaze he drapped a word er two 'bout de wedder en he say dat de water wuz mighty cole down dar in de slushes. But Brer Rabbit tuck notice dat he showed up a double row er tushes dat look like dey'd do mighty good wuk in a saw-mill.

Brer Rabbit, he 'gun ter shake like he havin' a chill. He 'low, "I feel dat damp, Brer 'Gater, dat I mought des ez well be in de water up ter my chin!"

Brer Yalligater aint say nothin', but he can't hide his tushes.

Brer Rabbit look up, he look down, en he look all roun'. He aint skacely know w'at ter do. He 'low, "Brer 'Gater, yo' back mighty roughnin'. How I gwine ter ride on it?"

Brer Yalligater say, sezee, "De roughnin' will he'p you ter hole on, kaze you'll hatter ride straddle. You kin des fit yo' foots on de bumps en kinder brace yo'se'f w'en you think you see a log floatin' at us. You kin des set up dar same ez ef you wuz settin' at home in yo' rockin' cheer."

Brer Rabbit shuck his head, but he got on, he did, en he aint no sooner git on dan he wish mighty hard he wuz off. Brer Yalligater say, sezee, "You kin pant ef you wanter, Brer Rabbit, but I'll do de paddlin'," en den he slip thoo de water des like he greased.

Brer Rabbit sho wuz skeered, but he kep' his eye open en bimeby he tuck notice dat Brer Yalligater wan't makin' fer de place whar de lan'in's at, en he up en sesso. He 'low, "Brer 'Gater, ef I aint mighty much mistooken, you aint headin' fer de lan'in'."

Brer Yalligater say, sezee, "You sho is got mighty good eyes, Brer Rabbit. I bin waitin' fer you a long time, en I'm de wus' kinder waiter."

Brer Rabbit, he sot dar a-shakin' en a-shiverin'. Bimeby he 'low, sezee, "W'at you gwine do, Brer 'Gater?"

Brer Yalligater say, sezee, "I bin havin' symptoms. Dat w'at de doctor say. He look at my tongue, en feel er my pulsh, en shake his head. He say dat bein's he's my fr'en', he don't mine tellin' me dat my symptoms is gittin' mo' wusser dan w'at dey bin, en ef I don't take sumpin, I'll be fallin' inter one dese yer inclines w'at make folks flabby en weak."

Brer Rabbit, he shuck en he shivered. He 'low, sezee, "W'at else de doctor say, Brer 'Gater?"

Brer Yalligater keep on a-slippin' 'long; he say, sezee, "De doctor aint only look at my tongue, he medjud my breff, en he hit me on my bosom — *tip-tap-tap* — en he say dey aint but one thing dat'll kyo me. I ax 'im w'at dat is, en he say hit's rabbit gizzard."

Brer Yalligater slip en slide 'long en wait fer ter see w'at Brer Rabbit gwineter say ter dat. He aint had ter wait long, kaze Brer Rabbit done his thinkin' like one er dese yer machines w'at got lightnin' in it. He 'low, sezee, "Hit's a mighty good thing you struck up wid me dis day, Brer 'Gater, kaze I got des zackly de kinder physic w'at you is lookin' fer. All de neighbors say I'm mighty quare, en I speck I is, but quare er not quare, I long bin lookin' fer de gizzard-eater."

Brer Yalligater aint sayin' nothin'. He des slide thoo de water en listen ter w'at Brer Rabbit sayin'. Brer Rabbit 'low, sezee, "De las' time I wuz tooken sick, de doctor come in a hurry en he sot up wid me all night — not a wink er sleep did dat man git. He say he kin tell by de way I wuz gwine on, rollin' en tossin', en moanin' en groanin', dat dey wan't no physic gwineter do me no good. I aint never see no doctor scratch his head like dat doctor did. He done like he wuz stumped, he sho' did. He say he aint never see nobody wid my kind er trouble, en he went off en call in wunner his brer doctors, en de two knock dey heads tergedder en say my trouble all come fum havin' a double gizzard. W'en my ole 'oman year dat, she des flung 'er apun over 'er head en fell back in a dead faint, en a little mo' en I'd 'a' had ter pay a doctor bill on 'er accounts. W'en she squalled, some er my chillun got skeered en tuck ter de woods, en dey aint all got back w'en I lef' home las' night."

Brer Yalligater, he des went a-slippin' 'long thoo de water. He listen, but he aint sayin' nothin'.

Brer Rabbit, he 'low, sezee: "Hit's de fatal trufe, all dis dat I'm a-tellin' you. De doctor, he flewed roun' twel he fotch my ole 'oman to, en den he say dey aint no needs ter be skittish on accounts er my havin' a double gizzard, kaze all I had ter do wuz ter be kinder keerful wid my chawin's en gnyawin's, en my comin's en gwines. He say dat I'd hatter suffer wid it twel I fine de gizzard-eater. I ax 'im wharbouts is he, en he say dat I'd know 'im w'en I seed 'im, en ef I fail ter know 'im, he'll make hisse'f be-known ter me. Dis kinder errytate me, kaze w'en a man's a doctor, en is got de idee er kyoin' anybody, dey aint no needs ter deal in no riddles. But he say dat 'taint no use fer ter tell all you know, speshually 'fo' dinner."

Brer Yalligater went a-slidin' long thoo de water. He listen en smack his mouf, but he aint sayin' nothin'.

Brer Rabbit, he talk on; he 'low, sezee: "En dey wuz one thing he tole me mo' plainer dan all de res'. He say dat w'en anybody wuz 'flicted wid de double gizzard, dey dassent cross water wid it, kaze ef dey's anythin' dat a double gizzard won't stan', hit's de smell er water."

Brer Yalligater went slippin' 'long thoo de water, but he feel like de time done come w'en he bleedz ter say sumpin. He say, sezee, "How come youer crossin' water now ef de doctor tell you dat?"

Dis make Brer Rabbit laff. He 'low: "Maybe I oughtn't ter tell you, but 'fo' I kin cross de water, dat double gizzard got ter come out. De doctor done tole me dat ef she ever smell water, dey'll be sech a swellin' up dat my skin won't hole me; en no longer dan las' night, 'fo' I come ter dis creek — 'twuz a creek den, w'atsomever you may call it now — I tuck out my double gizzard en hid it in a hick'ry holler. En ef youer de gizzard-eater, now is yo' chance, kaze ef you put it off, you may rue de day. Ef youer in de notion, I'll take you right dar en show you de stump whar I hid it at — er ef you wanter be lonesome 'bout it, I'll let you go by yo'se'f en I'll stay right yer."

Brer Yalligater, he slip en slide thoo de water. He say, sezee, "Whar'd you say you'd stay?"

Brer Rabbit 'low, sezee, "I'll stay right yer, Brer 'Gater, er anywhar's else you may choosen. I don't keer much whar I stays er w'at I does so long ez I get rid er dat double gizzard w'at's bin a-tarrifyin' me. You better go by yo'se'f. She's hid right in dem woods yand', en de holler hick'ry stump aint so mighty fur fum whar de bank er de creek oughter be."

Brer 'Gater aint got much mo' sense dan w'at it 'ud take fer ter climb a fence atter somebody done pulled it down, en so he kinder slewed hisse'f roun' en steered fer de woods. Brer Yalligater swum en steered twel he come close ter lan', en w'en he done dat, Brer Rabbit make a big jump en lan' on solid groun'. He mought er got his foots wet, but ef he did, 'twuz ez much. He 'low, sezee:

> "You po' ole 'Gater, ef you knowed A fum Izzard,
> You'd know mighty well dat I'd keep my gizzard."

En wid dat he wuz done gone — done clean gone!

40

The Bear Hunt

ONE DAY Brer Rabbit wuz gwine down de road des ter be a-gwine w'en who should he meet but Brer Fox en Brer Wolf. Dey wuz amblin' en a-ramblin' 'long tergedder des ez chummy ez you please, laffin' en talkin', en ole Brer Rabbit j'ined in wid um. Atter w'ile dey sot down by de side er de road en got ter talkin' 'bout der neighbors en 'bout de dull times in gin'ul.

Brer Fox say dey aint nothin' 'tall gwine on, no parties en no bobbycues. Brer Wolf say he's a ole, settle man en he aint keerin' much fer parties en dem kinder doin's, but he like fer ter see young folks 'joy deyse'f w'iles deyer young en soople. Brer Rabbit he up en 'low dat dey aint no dull times wid 'im, kaze hit look like he got sumpin er udder fer ter do eve'y minute er de day, whedder he's at home er whedder he's 'broad. Brer Wolf, he ax, "W'at you doin' right now?" en he look at Brer Fox en wunk one eye. He wunk mighty quick, but not quick 'nuff fer ter keep Brer Rabbit fum ketchin' a glim' un it.

Brer Rabbit wipe his mouf sorter slow like en look up at de clouds floatin' by. He 'low: "Well, fr'en's, ef I hadn't 'a' seed you-all, I'd 'a' bin well on my way fer ter look at my fish traps, en dat done, I'd 'a' come roun' by my tukkey bline. I aint got too much time nohow you kin fix it, en w'en I does set down, it's a thrip ter a ginger-cake dat I draps ter sleep 'fo' anybody kin head me off."

Brer Wolf say, "Wid me hit's diffunt. W'en I lay by my craps, I allers take a little res' en pass de time er day wid my neighbors."

Brer Rabbit 'low: "Dat's w'at make me stop yer a minute. W'en I gits home, my ole 'oman is sho ter ax me who I seed en w'at dey say, en how wuz der folks en der famblies. You know how de women is; dey'll tantalize de life out'n you twel you tells um who you seed en w'at dey had on. But me, I aint got time fer ter tarry. I'm fixin' ter go on a big b'ar hunt termorrer, en hit's a-gwineter take up all my time fer ter git good en ready. My ole 'oman bin beggin' me not ter go. She say she's all uv a trimble she so skeered I'll git hurtid somehow er somewhar. But dat's de way wid de women. Dey make out deyer monstous skeery, but w'en you fotch de game home, dey allers ready fer ter clean en scale it, en fix it up fer de table."

W'en Brer Rabbit say dis, Brer Fox en Brer Wolf flung back der heads en laff fit ter kill. Brer Rabbit, he 'low, "Fr'en's, w'at's de joke? Be sociable en lemme laff wid you."

Sez Brer Wolf, sezee, "We er laffin', Brer Rabbit,

kaze you say you gwine b'ar-huntin'. You know mighty well dat you aint big 'nuff fer ter ketch no b'ar. Why, I'm lots bigger dan w'at you is, en I'd think twice 'fo' I started out fer ter hunt Brer B'ar."

Brer Rabbit 'low, he did, "Yes, Brer Wolf, youer lots bigger dan w'at I is, but will you en Brer Fox head 'im off ef I git 'im on de run?"

Brer Fox, he up en 'spon', sezee, "You git 'im on de run, Brer Rabbit, en we'll head 'im off. I'll prommus you dat much. We'll head 'im off ef you git 'im on de run."

Brer Rabbit 'low, "Hit's a bargain den, en we'll shake han's on it." Brer Rabbit make um shake han's wid 'im, but dey aint give 'im ez hard a grip ez dey mought kaze dey aint had no notion er gittin' in a sho 'nuff b'ar hunt. Dat wuz wunner de kinder things w'at dey wan't in de habits er doin'. Dey kinder had de idee dat Brer Rabbit wuz des a-braggin', but w'en he make um shake han's, dey 'gun ter feel sorter skittish.

Brer Rabbit aint stay so mighty long atter dat. He say he gotter go en make all his 'rangements fer ter bag de game en ter bobbycue it atterwuds. He ax Brer Wolf en Brer Fox fer ter meet 'im at de same place de nex' day. "Meet me right yer, fr'en's," sez ole Brer Rabbit, sezee, "en I'll show you sumpin dat'll kinder stir you up en make you feel like dat dey's sumpin gwine on roun' yer same ez w'at dey is in de j'inin' county, whar dey hunt b'ar eve'y day in de year 'cep' Sunday."

Dey say dey'd be dar ef nothin' don't happen, en dey ax Brer Rabbit w'at must dey fetch fer ter he'p 'im out, en he 'spon' dat all he want um ter do is ter head Brer B'ar off w'en he git 'im on de run. "I'll show you whar ter take yo' stan'," sez ole Brer Rabbit, sezee, "en all in de roun' worril you got ter do is ter stan' yo' groun' en not git skeered w'en you see 'im comin' en make a little fuss like you gwine ter ketch 'im. But you don't hatter put yo' han' on 'im. I'll do all de ketchin' dat's gwineter be done. All I ax you is ter stan' whar I'll show you en make out you gwineter he'p me. All you got ter do is zackly w'at you say you'll do — head 'im off w'en you see 'im comin'."

Brer Rabbit went on down de road, singin' wunner de ole time chunes, en Brer Wolf en Brer Fox sot whar he lef' um en look at wunner nudder. Atter w'ile ole Brer Wolf say, sezee, "W'at de name er goodness you reckon he's up ter?" Brer Wolf grinned wunner dem ar grins w'at make cole chills run up en down yo' back. He 'low, he did, "He's des tryin' fer ter fool us. He done got de idee dat we er skeered. Ef we go dar, he'll say he mighty sorry dat he aint fine Brer B'ar, en ef we don't go dar, he'll laff en tell it eve'whar dat we wuz feared fer ter stan' up ter our part de bargain."

Ole Brer Fox grinned his kinder grin en say, sezee, "We'll be dar sho!"

Well, suh, Brer Rabbit went down de road a piece en got off in de bushes en lay down en des rolled over en over wid laffin'. He lay dar, he did, twel he got good en rested, en bimeby he jump up en crack his heels tergedder en put out fer home like de booger-man wuz atter 'im.

He went home, he did, en split up some kin'lin' fer his ole 'oman fer ter git supper wid, en frail out

"Ole Brer B'ar came shufflin' out"

fo' five er his chillun, en den he sot in de shade en smoke his seegyar. Atter he done e't supper, he comb his ha'r, en tuck down his walkin' cane, en put out thoo de woods fer ter go ter de place whar Brer B'ar live at. He got dar atter so long a time en hello'd de house, en ole Brer B'ar come shufflin' out en ax 'im in. Ole Miss B'ar sot out de cheers atter dustin' um wid 'er apun, en Brer B'ar en ole Brer Rabbit sot dar en confabbed des like two ole cronies.

Atter w'ile Brer Rabbit ax Brer B'ar is he year de lates' news, en Brer B'ar say he don't speck he is kaze he aint went out much he bin so busy cleanin' de grass out'n his roas'n-year patch. Brer Rabbit pull his mustarshes en look at Brer B'ar right hard; he 'low, he did: "Well, suh, dey's big news floatin' roun'. Brer Wolf en Brer Fox, dey say some un bin gittin' in der roas'n-year patch, en dey say dey done seed some tracks in dar w'at look mighty s'picious, mo' speshually w'en dey got on der fur-seein' specks."

Ole Brer B'ar sorter shuffle his foots en cross his legs. He say, "W'at did dey do den? Whyn't dey foller up dese tracks w'at dey seed so plain?"

Brer Rabbit 'low, sezee, "Hit seem like dey knowed purty well whar de tracks wuz gwinter lead um, en dey wuz feared fer ter foller um less'n dey had mo' comp'ny fer ter come wid um."

Ole Brer B'ar lean down, he did, en knock de ashes out'n his pipe en den he look at Brer Rabbit en grin twel his mouf look red en hot. He say, "Feared fer ter foller de tracks, wuz dey? Well, you can't blame um much, mo' speshually ef dey knowed de tracks. W'at dey gwine do 'bout it? Dey aint gwineter des set down en let der roas'n-years walk off down de lane, is dey?"

Brer Rabbit kinder helt his head on one side en look at Brer B'ar. He 'low, sezee, "I wuz comin' ter dat, Brer B'ar, w'en you broke in on me. De news w'at I year is dat Brer Wolf en Brer Fox is gwineter have a big b'ar-hunt. Dey sont der invites ter some er de neighbors, en de neighbors will do de drivin' w'iles dey does de ketchin'. Dey axed me ef I 'ud he'p do de drivin', en I tole um dat I'd be mo' dan glad."

Brer B'ar look hard at Brer Rabbit, en Brer Rabbit look in de fireplace. "You said dat? You said you'd be mo' dan glad?" sez ole Brer B'ar, sezee.

Brer Rabbit, he 'low, "I mos' sholy did. I tole um dat I'd git you started, en den dey kin do de ketchin'."

Ole Brer B'ar laff, en w'en he do dat, it soun' like thunder a-grumblin' 'way out in de hills. He say, sezee, "How much un a fambly is dey got, Brer Rabbit?"

En Brer Rabbit, he 'spon', sezee, "I can't tell you, Brer B'ar, kaze I aint neighbored wid um fer de longes'. I don't like um, en dey don't like me — en dat's de reason dat I come fer ter tell you de news. I had de idee dat maybe you'd like fer ter take part in dis big b'ar-hunt dat dey gwineter have."

Brer B'ar kinder scratch his head en lick his paw fer ter slick over de place. He say, sezee, "Hit seem like I bleedz ter be dar, kaze ef I aint, dey won't be no fun 'tall."

Well, dey sot dar, dey did, en lay der plans, en laff fit ter kill, en den ole Miss B'ar hatter come in en tell um fer goodness sakes ter go ter bed, kaze ef dey sot up en went on dat away, dey won't be no sleepin' fer 'er en de chillun. Brer Rabbit jump up w'en he year dis en tell um all good night, en put out fer home, en w'en he git dar he can't git ter bed fer laffin'.

Ole Miss Rabbit, she stuck 'er head out fum und' de kivver en 'low, "W'at de name er goodness is de matter? You sholy must 'a' heern sumpin owdacious in yo' rambles, en now dat you done woke me up, you des ez well tell me 'bout it."

But ole Brer Rabbit, he's dat tickled dat he can't fish up words fer ter tell 'er; all he kin do is ter laff en koff, en wheeze en sneeze, en keep dis up twel hit look like he bleedz ter strankle er git smifflicated. But you better b'lieve dat ole Miss Rabbit sot up wid 'im twel she fine out all 'bout it, en she aint laff w'en he tell 'er. She shuck 'er head en 'low, "You'll keep on wid yo' foolishness twel some er de udder creeturs will ketch you in yo' own trap, en den w'at me en de chillun gwine do?"

Ole Brer Rabbit laff en say dat dey's bin widders en offuns ever sence de worril 'gun ter roll.

Now Brer Rabbit done tell Brer Wolf en Brer Fox dat de b'ar-hunt wuz gwineter come off bright en early en dat dey mus' be dar whar he lef' um at, en sho 'nuff, w'en he went down de road, dar dey wuz. He knowed dat dey'd bin talkin' 'bout 'im, kaze dey look right sheepish w'en he come up behime um. He ax um is dey ready, en dey say dey is, en he tell um fer ter come on kaze dey aint got no time fer ter lose ef dey gwine ter git any b'ar meat dat day.

Dey went 'long, dey did, but w'en dey git ter whar de bushes wuz thick en de shadders black, Brer Wolf en Brer Fox kinder hung back. Brer Rabbit see dis, en he say he hope dey aint noways bashful, kaze ef dey gwineter he'p 'im ketch de b'ar, dey got ter stan' up like deyer well en not be droopy like deyer sick. Bimeby dey come ter de place whar dey wuz a bline paff runnin' thoo de woods, en Brer Rabbit, he say dat he want um ter stan' right dar, en ef de b'ar come by, dey wuz ter he'p 'im ketch 'im.

Sez ole Brer Rabbit, sezee, "I'm a-hopin' dat I'll ketch 'im 'fo' he gits dis fur, en ef I does, I'll holler. But ef he's too quick fer me, ef he gits de idee dat I'm atter 'im en starts ter run 'fo' I gits my han's on 'im, mo' dan likely he'll come dis away. Ef he do, stan' yo' groun', kaze I'll be right behime 'im. Des make out you gwine ter grab 'im en hole on ter 'im twel I kin git 'im, en den our day's wuk will be done."

Brer Wolf en Brer Fox say dey'll do des like Brer Rabbit tell um, en dey tuck der places. Wid dat Brer Rabbit went lopin' thoo de woods des ez gaily ez a race-hoss.

De place whar Brer Rabbit make um take der stan' wan't so mighty fur fum de place whar ole Brer B'ar live at, en 'twant skacely no time 'fo' Brer B'ar wuz on de run wid Brer Rabbit close behime 'im. Brer Fox en Brer Wolf year a mighty racket gwine on de woods des like a harrycane wuz a-churnin' up de leaves en de trash, en mos' 'fo' dey know it yer comes Brer B'ar wid Brer Rabbit close behime 'im. Dey'd 'a' got out'n de way, but dey year Brer Rabbit holler, "Head 'im off, dar!"

Ole Brer B'ar wuz a-comin' like a pot a-b'ilin'. His mouf wuz wide open en his tongue hangin' out

Brer Wolf en Brer Fox stood der groun' kaze dey feared dat Brer Rabbit ud have de laff on um ef dey broke en run. Dey stood dar, dey did, en do like dey wuz gwine ter ketch Brer B'ar. He come wid his head down en his breff comin' hot, en ez he run he fotch Brer Wolf a swipe wid one han' en Brer Fox a wipe wid de udder han'. De swipe dat Brer B'ar fotch um come mighty nigh takin' out der vitals, en ef you never is year hollerin', you mought 'a' heern it den. But Brer B'ar, he kep' on a-runnin' wid Brer Rabbit atter 'im. En ez dey run, dey laff fit ter kill.

41

Billy Malone

ONE TIME dey wuz a man, en dish yer man he had a gyardin. He had a gyardin, en he had a little gal fer ter mine it. Hit wuz so long dat it run down side er de big road, 'crosst by de plum thicket en back up de lane. Dish yer gyardin wuz so nice en long dat it tuck'n 'track de 'tention er Brer Rabbit; but de fence wuz built so close en so high, dat he can't git in nohow he kin fix it.

De gyardin wuz chock full er truck, en in de mawnins, w'en de man hatter go off, he call up de little gal, he did, en tell 'er dat she mus' be sho en keep ole Brer Rabbit outer de gyardin. He tell 'er dis eve'y mawnin'; but one mawnin' he tuck en forgit it twel he git ter de front gate, en den he stop en holler back:

"O Janey! You Janey! Mine w'at I tell you 'bout ole Brer Rabbit. Don't you let 'im get my nice green peas."

Little gal, she holler back: "Yes, daddy."

All dis time, Brer Rabbit he wuz settin' out dar in de bushes dozin'. Yit, w'en he year he name call out so loud, he cock up one year en listen, en he 'low ter hisse'f dat he bleedz ter outdo Mr. Man.

Bimeby, Brer Rabbit, he went roun' en come down de big road des ez natchull ez ef he bin trafflin some'rs. He see de little gal settin' by de gate, en he up'n 'low:

"Aint dish yer Miss Janey?"

"My daddy call me Janey; w'at yo' daddy call you?"

Brer Rabbit look on de groun', en sorter study like folks does w'en dey feels bad. Den he look up en 'low:

"I bin lose my daddy dis many long year, but w'en he 'live he call me Billy Malone." Den he look at de little gal hard en 'low: "Well, well, well! I aint seed you sence you wuz a little bit er baby, en now yer you is mighty nigh a grown 'oman. I pass yo' daddy in de road des now, en he say I mus' come en tell you fer ter gimme a mess er sparrer-grass."

Little gal, she fling de gate wide open, en let Mr. Billy Malone git de sparrer-grass.

Man come back en see whar somebody done bin tromplin' on de gyardin truck, en den he call up de little gal, en up'n ax 'er who bin dar sence he bin gone; en de little gal, she 'low, she did, dat Mr. Billy Malone bin dar. Man ax who in de name er goodness is Mr. Billy Malone. Little gal 'low hit's des a man w'at say 'er daddy sont 'im fer ter git some sparrer-grass on account er ole 'quaintance. Man got his 'spicions, but he aint sayin' nothin'.

Nex' day, w'en he start off, he holler en tell de

"He settin' off dar in de bushes"

little gal fer ter keep one eye on ole Brer Rabbit, en don't let nobody git no mo' sparrer-grass. Brer Rabbit, he settin' off dar in de bushes, en he year w'at de man say, en he see 'im w'en he go off. Bimeby, he sorter run roun', ole Brer Rabbit did, en he come hoppin' down de road, twel he git close up by de little gal at de gyardin gate. Brer Rabbit drapped 'er his bigges' bow, en ax 'er how she come on. Den, atter dat, he 'low, he did:

"I see yo' daddy gwine 'long down de road des now, en he gimme a rakin' down kaze I make 'way wid de sparrer-grass, yit he say dat bein's how I sech a good fr'en' er de fambly I kin come en ax you fer ter gimme a mess er English peas."

Little gal, she tuck'n fling de gate open, en ole Brer Rabbit, he march in, he did, en he git de peas in a hurry. Man come back atter w'ile, en he 'low:

"Who bin tromplin' down my pea-vines?"

"Mr. Billy Malone, Daddy."

Man slap he han' on he forrer'd; he dunner w'at ter make er all dis. Bimeby, he 'low:

"W'at kinder lookin' man dish yer Mr. Billy Malone?"

"Split lip, pop eye, big year, en bob-tail, daddy."

Man say he be bless ef he aint gwine ter make de 'quaintance er Mr. Billy Malone; en he went ter wuk, he did, en fix 'im up a box-trap, en he put some goobers in dar, en he tell de little gal nex' time Mr. Billy Malone come ter 'vite 'im in. Nex' mawnin', Man git little ways fum de house en tuck'n holler back, he did:

"W'atsomever you does, don't you dast ter let nobody git no mo' sparrer-grass, en don't you let um git no mo' English peas."

Little gal holler back: "No, daddy."

Den, atter dat, 'twant long 'fo' yer come Mr. Billy Malone, hoppin' 'long down de big road. He drapped a bow, he did, en 'low:

"Mawnin', Miss Janey, mawnin'! Met yo' daddy down de big road, en he say dat I can't git no mo' sparrer-grass en green peas, but you kin gimme some goobers."

Little gal, she lead de way, en tell Mr. Billy Malone dar dey is in de box. Mr. Billy Malone, he lick he chops, he did, en 'low:

"You oughter be monst'us glad, honey, dat you got sech a good daddy like dat."

Wid dat, Mr. Billy Malone wunk he off eye, en jump in de box.

Man aint gone fur, en 'twant long 'fo' yer he come back. W'en Brer Rabbit year 'im comin' he bounce roun' in dar same ez a flea in a piller-case, but 'taint do no good. Trap done fall, en Brer Rabbit in dar. Man look thoo de slats, en 'low:

"Dar you is — same old hoppum-skippum run en jumpum. Youer de ve'y chap I'm atter. I want yo' foot fer ter kyar in my pocket, I want yo' meat fer ter put in de pot, en I want yo' hide fer ter w'ar on my head."

Dis make cold chill rush up en down Brer Rabbit backbone. He holler en cry, en cry en holler:

"Do pray, Mr. Man, tu'n me go! I done 'ceive you dis time, but I aint gwine ter 'ceive you no mo'. Do pray, Mr. Man, tu'n me go, des dis little bit er time."

Man he aint sayin' nothin'. He look like he studyin' 'bout somepin er udder way off yan', en den he take de little gal by de han' en go off todes de house.

Hit seem like dat Brer Rabbit got mo' luck dan w'at you kin shake a stick at, kaze de man en de little gal aint good en gone skacely twel yer come Brer Fox a pirootin' roun'. Brer Fox year Brer Rabbit holler'n en he up'n ax w'at de 'casion er sech gwines on right dar in de broad open daylight. Brer Rabbit squall out:

"Lordy, Brer Fox! you better make 'as'e 'way fum yer, kaze Mr. Man'll ketch you en slap you in dish yer box en make you eat mutton twel you'll des nat'ally bus' right wide open. Run, Brer Fox, run! He bin feedin' me on mutton de whole blessed mawnin' en now he done gone atter mo'. Run, Brer Fox, run!"

Yit, Brer Fox aint run. He up'n ax Brer Rabbit how de mutton tas'e.

"He tas'e mighty good 'long at fus', but 'nuff's 'nuff, en too much is a plenty. Run, Brer Fox, run! He'll ketch you, sho!"

Yit, Brer Fox aint run. He up'n 'low dat he b'lieve he want some mutton hisse'f, en wid dat he onloose de trap en let Brer Rabbit out, en den he tuck'n git in dar. Brer Rabbit aint wait fer ter see w'at de upshot gwine ter be, needer — I boun' you he aint. He des tuck'n gallop off in de woods, en he laff en laff twel he hatter hug a tree fer ter keep fum drappin' on de groun'.

42

Brer Rabbit Saves his Meat

ONE TIME Brer Wolf wuz comin' 'long home fum a fishin' frolic. He s'anter 'long de road, he did, wid his string er fish 'crosst his shoulder, w'en fus' news you know ole Miss Pa'tridge, she hop outer de bushes en flutter 'long right at Brer Wolf nose. Brer Wolf he say ter hisse'f dat ole Miss Pa'tridge tryin' fer ter toll 'im 'way fum her nes', en wid dat he lay his fish down en put out inter de bushes whar ole Miss Pa'tridge come fum, en 'bout dat time Brer Rabbit, he happen 'long. Dar wuz de fishes, en dar wuz Brer Rabbit, en w'en dat de case w'at you speck a sorter innerpen'ent man like Brer Rabbit gwine do? I kin tell you dis, dat dem fishes aint stay whar Brer Wolf put um at, en w'en Brer Wolf come back dey wuz gone.

Brer Wolf, he sot down en scratch his head, he did, en study en study, en den hit sorter rush inter his mine dat Brer Rabbit bin 'long dar, en den Brer Wolf, he put out fer Brer Rabbit house, en w'en he

"Dar wuz de fishes"

git dar he hail 'im. Brer Rabbit, he dunno nothin' tall 'bout no fishes. Brer Wolf he up'n say he bleedz ter b'lieve Brer Rabbit got dem fishes. Brer Rabbit 'ny it up en down, but Brer Wolf stan' to it dat Brer Rabbit got dem fishes. Brer Rabbit, he say dat if Brer Wolf b'lieve he got de fishes, den he give Brer Wolf lief fer ter kill de bes' cow he got. Brer Wolf, he tuck Brer Rabbit at his word, en go off ter de pastur' en drive up de cattle en kill Brer Rabbit bes' cow.

Brer Rabbit, he hate mighty bad fer ter lose his cow, but he lay his plans, en he tell his chilluns dat he gwineter have dat beef yit. Brer Wolf, he bin tuck up by de patter-rollers 'fo' now, en he mighty skeered un um, en fus' news you know, yer come Brer Rabbit hollerin' en tellin' Brer Wolf dat de patter-rollers comin'.

"You run en hide, Brer Wolf," sez Brer Rabbit, sezee, "en I'll stay yer en take keer er de cow twel you gits back," sezee.

Soon's Brer Wolf year talk er de patter-rollers, he scram'le off inter de und'bresh like he bin shot out'n a gun. En he want mo'n gone 'fo' Brer Rabbit, he whirl in en skunt de cow en salt de hide down, en den he tuck'n cut up de kyarkiss en stow it 'way in de smoke-house, en den he tuck'n stick de een' er de cowtail in de groun'. Atter he gone en done all dis, den Brer Rabbit he squall out fer Brer Wolf:

"Run yer, Brer Wolf! Run yer! Yo' cow gwine in de groun'! Run yer!"

W'en ole Brer Wolf got dar, w'ich he come er scootin', dar wuz Brer Rabbit hol'in' on ter de cow-tail, fer ter keep it fum gwine in de groun'. Brer Wolf, he kotch holt, en dey 'gun a pull er two en up come de tail. Den Brer Rabbit, he wink his off eye en say, sezee:

"Dar! de tail done pull out en de cow gone," sezee.

But Brer Wolf he weren't de man fer ter give it up dat a-way, en he got 'im a spade, en a pick-axe, en a shovel, en he dig en dig fer dat cow twel diggin' wuz pas' all endu'unce, en ole Brer Rabbit he sot up dar in his front po'ch en smoke his seegyar. Eve'y time ole Brer Wolf stuck de pick-axe in de clay, Brer Rabbit, he giggle ter his chilluns:

"He diggy, diggy, diggy, but no meat dar! He diggy, diggy, diggy, but no meat dar!"

Kaze all de time de cow wuz layin' pile up in his smoke-house, en him en his chilluns wuz eatin' fried beef en inguns eve'y time dey mouf water.

43

Old Man Hunter from Huntsville

ONE DAY Brer Fox come 'long all rig out, en ax Brer Rabbit fer ter go huntin' wid 'im, but Brer Rabbit, he sorter feel lazy, en he tell Brer Fox dat he got some udder fish fer ter fry. Brer Fox feel mighty sorry, he did, but he say he b'lieve he try his han' any how, en off he put. He wuz gone all day, en he had a monstus streak er luck, Brer Fox did, en he bagged a sight er game. Bimeby, todes de shank er de evenin', Brer Rabbit sorter stretch hisse'f, he did, en 'low hit's mos' time fer Brer Fox fer ter git 'long home. Den Brer Rabbit, he went'n mounted a stump fer ter see ef he could year Brer Fox comin'. He aint bin dar long, twel sho 'nuff, yer come Brer Fox thoo de woods, singin' like a nigger at a frolic. Brer Rabbit, he lipt down off'n de stump, he did, en lay down in de road en make like he dead. Brer Fox he come 'long, he did, en see Brer Rabbit layin' dar. He tu'n 'im over, he did, en 'zamine 'im, en say, sezee:

"Dish yer rabbit dead. He look like he bin dead long time. He dead, but he mighty fat. He de fattes' rabbit w'at I ever see, but he bin dead too long. I feared ter take 'im home," sezee.

Brer Rabbit aint sayin' nothin'. Brer Fox, he sorter lick his chops, but he went on en lef' Brer Rabbit layin' in de road. Dreckly he wuz outer sight, Brer Rabbit, he jump up, he did, en run roun' thoo de woods en git 'fo' Brer Fox agin. Brer Fox, he come up, en dar lay Brer Rabbit, 'periently cole en stiff. Brer Fox, he look at Brer Rabbit, en he sorter study. Atter w'ile he onslung his game-bag, en say ter hisse'f, sezee:

"Dese yer rabbits gwine ter was'e. I'll des 'bout leave my game yer, en I'll go back'n git dat udder rabbit, en I'll make folks b'lieve dat I'm ole man Hunter fum Huntsville," sezee.

"He drapped his game"

En wid dat he drapped his game en loped back up de road atter de udder rabbit, en w'en he got outer sight, ole Brer Rabbit, he snatch up Brer Fox game en put out fer home. Nex' time he see Brer Fox, he holler out:

"W'at you ketch de udder day, Brer Fox?" sezee.

Den Brer Fox, he sorter comb his flank wid his tongue, en holler back:

"I kotch a han'ful er hard sense, Brer Rabbit," sezee.

Den ole Brer Rabbit, he laff, he did, en up en 'spon', sezee:

"Ef I'd a knowed you wuz atter dat, Brer Fox, I'd a loant you some er mine," sezee.

44

Mr. Smarty

I DONE TOLE YOU 'bout de time w'en Brer Rabbit git de game fum Brer Fox by makin' like he dead?

Well, den, ole Brer Fox, w'en he see how slick de trick wuk wid Brer Rabbit, he say ter hisse'f dat he b'lieve he'll up'n try de same kinder game on some udder man, en he keep on watchin' fer he chance, twel bimeby, one day, he year Mr. Man comin' down de big road in a one-hoss waggin, kyar'n some chickens, en some eggs, en some butter, ter town. Brer Fox year 'im comin', he did, en w'at do he do but go en lay down in de road front er de waggin. Mr. Man, he druv 'long, he did, cluckin' ter de hoss en hummin' ter hisse'f, en w'en dey git mos' up ter Brer Fox, de hoss, he shy, he did, en Mr. Man, he tuck'n holler, "Wo!" en de hoss, he tuck'n wo'd. Den Mr. Man, he look down, en he see Brer Fox layin' out dar on de groun' des like he cole en stiff, en w'en Mr. Man see dis, he holler out:

"Heyo! Dar de chap w'at been nabbin' up my chickens, en somebody done gone en shot off a gun at 'im, w'ich I wish she'd er bin two guns — dat I does!"

Wid dat, Mr. Man, he druv on en lef' Brer Fox layin' dar. Den Brer Fox, he git up en run roun' thoo de woods en lay down front er Mr. Man agin, en Mr. Man come drivin' 'long, en he see Brer Fox, en he say, sezee:

"Heyo! Yer de ve'y chap what been 'stroyin' my pigs. Somebody done gone en kilt 'im, en I wish dey'd er kilt 'im long time ago."

Den Mr. Man, he druv on, en de waggin-w'eel come mighty nigh mashin' Brer Fox nose; yit, all de same, Brer Fox lipt up en run roun' 'head er Mr. Man, en lay down in de road, en w'en Mr. Man come 'long, dar he wuz all stretch out like he big 'nuff fer ter fill a two-bushel baskit, en he look like he dead 'nuff fer ter be skint. Mr. Man druv up, he did, en stop. He look down 'pun Brer Fox, en den he look all roun' fer ter see w'at de 'casion er all dese yer dead Fox is. Mr. Man look all roun', he did, but he aint see nothin', en needer do he year nothin'. Den he set dar en study, en bimeby he 'low ter hisse'f, he did, dat he had better 'zamin' w'at kinder kuse 'zease done bin got inter Brer Fox fambly, en wid dat he lit down outer de waggin, en feel er Brer Fox year; Brer Fox year feel right wa'm. Den he feel Brer Fox neck; Brer Fox neck right wa'm. Den he feel er Brer Fox in de short ribs; Brer Fox all soun' in de short ribs. Den he feel er Brer Fox limbs; Brer Fox all soun' in de limbs. Den he tu'n Brer Fox over, en, lo en beholes, Brer Fox right limber. W'en Mr. Man see dis, he say ter hisse'f, sezee:

"Heyo, yer! how come dis? Dish yer chicken-nabber look like he dead, but dey aint no bones broked, en I aint see no blood, en needer does I feel no bruise; en mo'n dat he wa'm en he limber," sezee. "Sumpin wrong yer, sho! Dish yer pig-grabber *mought* be dead, en den agin he moughtent," sezee; "but ter make sho dat he is, I'll des gin 'im a whack wid my w'ip-han'le," sezee; en wid dat, Mr. Man draw back en fotch Brer Fox a clip behime de years —*pow!*—en de lick come so hard en it come so quick dat Brer Fox thunk sho' he's a goner; but 'fo' Mr. Man kin draw back fer ter fetch 'im nudder wipe, Brer Fox, he scram'le ter his feet, he did, en des make tracks 'way fum dar.

Dat w'at Brer Fox git fer playin' Mr. Smarty en copyin' atter udder folks, en dat des de way de whole Smarty fambly gwine ter come out.

45

Dollar a Minute

DAR wuz one season, w'en Brer Fox say to hisse'f dat he speck he better whirl in en plant a gooberpatch, en in dem days, mon, hit wuz tech en go. De word weren't mo'n out'n his mouf 'fo' de groun' wuz broke up en de goobers wuz planted. Ole Brer Rabbit, he sot off en watch de motions, he did, en he sorter shet one eye en sing to his chilluns:

> "Ti-yi! Tungalee!
> I eat um pea, I pick um pea.
> Hit grow in de groun', hit grow so free;
> Ti-yi! dem goober pea."

Sho 'nuff w'en de goobers 'gun ter ripen up, eve'y time Brer Fox go down ter his patch he fine whar somebody bin grabblin' 'mongst de vines, en he git mighty mad. He sorter speck who de somebody is, but ole Brer Rabbit he cover his tracks so cute dat Brer Fox dunner how ter ketch 'im. Bimeby, one day Brer Fox take a walk all roun' de groun'-pea patch, en 'twant long 'fo' he fine a crack in de fence whar de rail done bin rub right smoove, en right dar he sot 'im a trap. He tuck'n ben' down a hick'ry saplin' growin' in de fence-cornder, en tie one een' un a plow-line on de top, en in de udder een' he fix a loop-knot, en dat he fassen wid a trigger right in de crack. Nex' mawnin' w'en ole Brer Rabbit come slippin' 'long en crope thoo de crack, de loop-knot kotch 'im behime de fo' legs, en de saplin' flewed up, en dar he wuz 'twix de heavens en de yeth. Dar he swung, en he feared he gwineter fall, en he feared he weren't gwineter fall. W'ile he wuz a fixin' up a tale fer Brer Fox, he year a lumberin' down de road, en present'y yer come ole Brer B'ar amblin' 'long

"Howdy, Brer B'ar"

fum whar he bin takin' a bee-tree. Brer Rabbit, he hail 'im:

"Howdy, Brer B'ar!"

Brer B'ar, he look roun' en bimeby he see Brer Rabbit swingin' fum de saplin', en he holler out:

"Heyo, Brer Rabbit! How you come on dis mawnin'?"

"Much 'blije, I'm middlin', Brer B'ar," sez Brer Rabbit, sezee.

Den Brer B'ar, he ax Brer Rabbit w'at he doin' up dar in de elements, en Brer Rabbit, he up'n say he makin' dollar minute. Brer B'ar, he say how. Brer Rabbit say he keepin' crows out'n Brer Fox's groun'-pea patch, en den he ax Brer B'ar ef he don't wanter make dollar minute, kaze he got big fambly er chilluns fer ter take keer un, en den he make sech nice skeercrow. Brer B'ar 'low dat he take de job, en den Brer Rabbit show 'im how ter ben' down de saplin', en 'twant long 'fo' Brer B'ar wuz swingin' up dar in Brer Rabbit place. Den Brer Rabbit, he put out fer Brer Fox house, en w'en he got dar he sing out:

"Brer Fox! Oh, Brer Fox! Come out yer, Brer Fox, en I'll show you de man w'at bin stealin' yo' goobers."

Brer Fox, he grab up his walkin'-stick, en bofe un um went runnin' back down ter der gooberpatch, en w'en dey got dar, sho 'nuff, dar wuz ole Brer B'ar.

"Oh, yes! youer kotch, is you?" sez Brer Fox, en 'fo' Brer B'ar could 'splain, Brer Rabbit he jump up en down, en holler out:

"Hit 'im in de mouf. Brer Fox; hit 'im in de

mouf"; en Brer Fox, he draw back wid de walkin'-cane, en *blip* he tuck 'im, en eve'y time Brer B'ar'd try ter 'splain, Brer Fox'd shower down on him.

W'iles all dis wuz gwine on, Brer Rabbit, he slip off en git in a mud-hole en des lef' his eyes stickin' out, kaze he knowed dat Brer B'ar'd be a-comin' atter 'im. Sho 'nuff, bimeby yer come Brer B'ar down de road, en w'en he git ter de mud-hole, he say:

"Howdy, Brer Frog; is you seed Brer Rabbit go by yer?"

"He des gone by," sez Brer Rabbit, en ole man B'ar tuck off down de road like a skeered mule, en Brer Rabbit, he come out en dry hisse'f in de sun, en go home ter his fambly same ez any udder man.

46

Ingle-Go-Jang

WELL, Uncle Remus, said the little boy, the Bear didn't catch the Rabbit after all, did he?

Now you talkin', honey, replied the old man, 'taint bin proned into no Brer B'ar fer ter ketch Brer Rabbit. Hit sorter like settin' a mule fer ter trap a hummin'-bird.

Brer B'ar, he tuck a notion dat ole Brer Bull-frog wuz de man w'at fool 'im, en he say dat he'd come up wid 'im ef 'twuz a year atterwuds. But 'twant no year, an' 'twant no mont', en mo'n dat, hit wan't skacely a week, w'en bimeby one day Brer B'ar wuz gwine home fum de takin' un a bee-tree, en lo en beholes, who should he see but ole Brer Bull-frog settin' out on de aidge er de mud-puddle fas' 'sleep! Brer B'ar drap his axe, he did, en crope up, en retch out wid his paw, en scoop ole Brer Bull-frog in.

He scoop 'im in, en dar he wuz. W'en Brer B'ar got his clampers on 'im good, he sot down en talk at 'im.

"Retch out wid his paw"

"Howdy, Brer Bull-frog, howdy! En how yo' fambly? I hope deyer well, Brer Bull-frog, kaze dis day you got some business wid me w'at'll las' you a mighty long time."

Brer Bull-frog, he dunner w'at ter say. He dunner w'at's up, en he don't say nothin'. Ole Brer B'ar he keep runnin' on:

"Youer de man w'at tuck en fool me 'bout Brer Rabbit de udder day. You had yo' fun, Brer Bull-frog, en now I'll git mine."

Den Brer Bull-frog, he gin ter git skeered, he did, en he up'n say:

"W'at I bin doin', Brer B'ar? How I bin foolin' you?"

Den Brer B'ar laff, en make like he dunno, but he keep on talkin'.

"Oh, no, Brer Bull-frog! You aint de man w'at stick yo' head up out'n de water en tell me Brer Rabbit done gone on by. Oh, no! you aint de man. I boun' you aint. 'Bout dat time, you wuz at home wid yo' fambly, whar you allers is. I dunner whar you wuz, but I knows whar you is, Brer Bull-frog, en hit's you en me fer it. Atter de sun goes down dis day you don't fool no mo' folks gwine 'long dis road."

Co'se, Brer Bull-frog dunner w'at Brer B'ar drivin' at, but he know sumpin hatter be done, en dat mighty soon, kaze Brer B'ar 'gun to snap his jaws tergedder en foam at de mouf, en Brer Bull-frog holler out:

"Oh, pray, Brer B'ar! Lemme off dis time, en I won't never do so no mo'. Oh, pray, Brer B'ar! do lemme off dis time, en I'll show you de fattes' beetree in de woods."

Ole Brer B'ar, he chomp his toofies en foam at de mouf. Brer Bull-frog he des up'n squall:

"Oh, pray, Brer B'ar! I won't never do so no mo'! Oh, pray, Brer B'ar! Lemme off dis time!"

But ole Brer B'ar say he gwineter make way wid 'im, en den he sot en study, ole Brer B'ar did, how he gwineter squench Brer Bull-frog. He know he can't drown 'im, en he aint got no fire fer ter bu'n 'im, en he git mighty pestered. Bimeby ole Brer Bull-frog, he sorter stop his cryin' en his boo-hooin', en he up'n say:

"Ef you gwineter kill me, Brer B'ar, kyar me ter dat big flat rock out dar on de aidge er de mill-pon', whar I kin see my fambly, en atter I see um, den you kin take yo' axe en sqush me."

Dis look so fa'r and squar' dat Brer B'ar he 'gree, en he take ole Brer Bull-frog by wunner his behime legs, en sling his axe on his shoulder, en off he put fer de big flat rock. When he git dar he lay Brer Bull-frog down on de rock, en Brer Bull-frog make like he lookin' roun' fer his folks. Den Brer B'ar, he draw long breff en pick up his axe. Den he spit in his han's en draw back en come down on de rock —*pow!*

"He come down on de rock"

Did he kill the Frog, Uncle Remus? asked the little boy, as the old man paused to scoop up a thimbleful of glowing embers in his pipe.

'Deed, en dat he didn't, honey. 'Twix' de time w'en Brer B'ar raise up wid his axe en w'en he come down wid it, ole Brer Bull-frog he lipt up en dove down in de mill-pon', *kerblink-kerblunk!* En w'en he riz way out in de pon' he riz a singin', en dish yer's de song w'at he sing:

"Ingle-go-jang, my joy, my joy—
Ingle-go-jang, my joy!
I'm right at home, my joy, my joy—
Ingle-go-jang, my joy!"

47

Brer Rabbit Gets a Licking

HIT SO HAPPEN dat one day Brer Rabbit meet up wid Brer Fox, en w'en dey 'quire atter der corporosity, dey fine out dat bofe un um mighty po'ly. Brer Fox, he 'low, he do, dat he monstus hongry, en Brer Rabbit he 'spon' dat he got a mighty hankerin' atter vittles hisse'f. Bimeby dey look up de big road, en dey see Mr. Man comin' 'long wid a great big hunk er beef und' he arm. Brer Fox he up'n 'low, he did, dat he like mighty well fer ter git a tas'e er dat, en Brer Rabbit he 'low dat de sight er dat nice meat all lineded wid taller is 'nuff fer ter run a body 'stracted.

Mr. Man he come en he come 'long. Brer Rabbit en Brer Fox dey look en dey look at 'im. Dey wink der eye en der mouf water. Brer Rabbit he 'low he bleedz ter git some er dat meat. Brer Fox he 'spon', he did, dat it look mighty fur off ter him. Den Brer Rabbit tell Brer Fox fer ter foller 'long atter 'im in hailin' distuns, en wid dat he put out, he did, en 'twant long 'fo' he kotch up wid Mr. Man.

Dey pass de time er day, en den dey went joggin' 'long de road same like dey wuz gwine 'pun a journey. Brer Rabbit he keep on snuffin' de a'r. Mr. Man up'n ax 'im is he got a bad cole, en Brer Rabbit 'spon' dat he smell sumpin w'ich it don't smell like ripe peaches. Bimeby, Brer Rabbit 'gun to hole he nose, he did, an atter w'ile he sing out:

"Gracious en de goodness, Mr. Man! hit's dat meat er yone. *Phew!* Whar'bouts is you pick up dat meat at?"

Dis make Mr. Man feel sorter 'shame hisse'f, en ter make marters wuss yer come a great big green fly a-zooin' roun'. Brer Rabbit he git way off on de side er de road, en he keep on hol'in' he nose. Mr. Man, he look sorter sheepish, he did, en dey aint gone fur 'fo' he put de meat down on de side er de road, en he tuck'n ax Brer Rabbit w'at dey gwine do 'bout it. Brer Rabbit he 'low, he did:

"I year tell in my time dat ef you take'n drag a piece er meat thoo' de dus' hit'll fetch back hits freshness. I aint no superspicious man myse'f," sezee, "en I aint got no 'speunce wid no sech doin's, but dem w'at tell me say dey done try it. Yit I know dis," says Brer Rabbit, sezee, — "I knows dat 'taint gwine do no harm, kaze de grit w'ats gits on de meat kin be wash off," sez Brer Rabbit, sezee.

"I aint got no string," sez Mr. Man, sezee.

Brer Rabbit laff hearty, but still he hole he nose.

"Time you bin in de bushes long ez I is, you won't miss strings," sez Brer Rabbit, sezee.

Wid dat Brer Rabbit lipt out, en he aint gone long 'fo' he come hoppin' back wid a whole passel er bamboo vines all tied tergedder. Mr. Man, he 'low:

"Dat line mighty long."

Brer Rabbit he 'low:

"Tooby sho, you want de win' fer ter git 'twix' you en dat meat."

Den Mr. Man tuck'n tied de bamboo line ter de meat. Brer Rabbit he broke off a 'simmon bush, he did, en 'low dat he'd stay behime en keep de flies off. Mr. Man he go on 'fo' en drag de meat, en Brer Rabbit he stay behime, he did, en take keer un it.

En he is take keer un it, mon — dat he is. He tuck'n git 'im a rock, en w'iles Mr. Man gwine 'long widout lookin' back, he ondo de meat en tie de rock ter de bamboo line, en w'en Brer Fox foller on, sho 'nuff, dar lay de meat. Mr. Man, he drug de rock, he did, en Brer Rabbit he keep de flies off, twel atter dey gone on right smart piece, en w'en Mr. Man tu'n a ben' in de road, Brer Rabbit, he des lit out fum dar — *terbuckity-buckity, buck-buck-buckity!* en 'twant long 'fo' he tuck'n kotch up wid Brer Fox. Dey tuck de meat, dey did, en kyar'd it way off in de woods, en laid it down on a clean place on de groun'.

Dey laid it down, dey did, en den Brer Fox 'low dey better sample it, en Brer Rabbit he 'gree. Wid dat, Brer Fox he tuck'n gnyaw off a hunk, en he shut bofe eyes, he did, en he chaw en chaw, en tas'e en tas'e, en chaw en tas'e. Brer Rabbit, he watch 'im, but Brer Fox, he keep bofe eyes shot, en he chaw en tas'e, en tas'e en chaw.

Den Brer Fox smack he mouf en look at de meat mo' closeter, en up'n 'low:

"Brer Rabbit, hit's lamb!"

"No, Brer Fox! sho'ly not!"

"Brer Rabbit, hit's lamb!"

"Brer Fox, tooby sho'ly not!"

Den Brer Rabbit, he tuck'n gnyaw off a hunk, en he shot bofe eyes, en chaw en tas'e, en tas'e en chaw. Den he smack he mouf, en up'n 'low:

"Brer Fox, hit's shoat!"

"Brer Rabbit, you foolin' me!"

"Brer Fox, I vow hit's shoat!"

"Brer Rabbit, hit des can't be!"

"Brer Fox, hit sho'ly is!"

Dey tas'e en dey 'spute, en dey 'spute en dey tas'e. Atter w'ile, Brer Rabbit make like he want some water, en he rush off in de bushes, en dreckly yer he come back wipin' he mouf en cl'erin' up he th'oat. Den Brer Fox he want some water sho 'nuff:

"Brer Rabbit, whar you fine de spring?"

"'Crosst de road, en down de hill en up de big gully."

Brer Fox, he lope off, he did, en atter he gone Brer Rabbit to'ch he year wid he behime foot like he flippin' 'im good-bye. Brer Fox, he cross de road en rush down de hill, he did, yit he aint fine no big gully. He keep on gwine twel he fine de big gully, yit he aint fine no spring.

W'iles all dish yer gwine on, Brer Rabbit he tuck'n grabble a hole in de groun', he did, en in dat hole he hid de meat. Atter he git it good en hid, he tuck'n cut 'im a long keen hick'ry, en atter so long a time, w'en he year Brer Fox comin' back he got in a clump er bushes, en tuck dat hick'ry en let in on a saplin', en ev'y time he hit de saplin', he 'ud squall out, Brer Rabbit would, des like de patter-rollers had 'im:

"Pow, pow! Oh, pray, Mr. Man! — *Pow, pow!* Oh,

pray, Mr. Man! – *Chippy-row, pow!* Oh, Lordy, Mr. Man! Brer Fox tuck yo' meat! – *Pow!* Oh, pray, Mr. Man! Brer Fox tuck yo' meat!"

'Co'se, w'en Brer Fox year dis kinder doin's, he fotch up, he did, en listen, en ev'y time he year de hick'ry come down *pow!* he tuck'n grin en 'low ter hisse'f, "Ah-yi! you fool me 'bout de water! Ah-yi! you fool me 'bout de water!"

Atter so long a time, de racket sorter die out, en seem like Mr. Man wuz draggin' Brer Rabbit off. Dis make Brer Fox feel mighty skittish. Bimeby Brer Rabbit come a cally-hootin' back des a-hollerin':

"Run, Brer Fox, run! Mr. Man say he gwine to kyar dat meat up de road ter whar he son is, en den he's a-comin' back atter you. Run, Brer Fox, run!"

En I let you know, Brer Fox got mighty skace in dat neighborhood!

48

Brer Fox Holds the Horse

BRER FOX say ter hisse'f dat he be dog his cats ef he don't slorate ole Brer Rabbit ef it take 'im a mont'; en dat, too, on top er all de 'speunce w'at he done bin had wid um. Brer Rabbit he sorter git win' er dis, en one day, w'iles he gwine 'long de road studyin' how he gwineter hole he hand wid Brer Fox, he see a great big hoss layin' stretch out flat on he side in de pastur'; en he tuck'n crope up, he did, fer ter see ef dish yer hoss done gone en die. He crope up en he crope roun', en bimeby he see de hoss switch he tail, en den Brer Rabbit know he aint dead. Wid dat, Brer Rabbit lope back ter de big road, en mos' de fus' man w'at he see gwine on by wuz Brer Fox, en Brer Rabbit he tuck atter 'im, en holler:

"Brer Fox! O Brer Fox! Come back! I got some good news fer you. Come back, Brer Fox," sezee.

Brer Fox, he tu'n roun', he did, en w'en he see who callin' 'im, he come gallopin' back, kaze it seem like dat des ez gooder time ez any fer ter nab Brer Rabbit; but 'fo' he git in nabbin' distance, Brer Rabbit he up'n say, sezee:

"Come on, Brer Fox! I done fine de place whar you kin lay in fresh meat 'nuff fer ter las' you plumb twel de middle er nex' year," sezee.

Brer Fox, he ax wharbouts, en Brer Rabbit, he say, right over dar in de pastur', en Brer Fox ax w'at is it, en Brer Rabbit, he say w'ich 'twuz a whole hoss layin' down on de groun' whar dey kin ketch 'im en tie 'im. Wid dat, Brer Fox, he say come on, en off dey put.

W'en dey got dar, sho 'nuff, dar lay de hoss all stretch out in de sun, fas' 'sleep, en den Brer Fox en Brer Rabbit, dey had a 'spute 'bout how dey gwineter fix de hoss so he can't git loose. One say one way en de udder say nudder way, en dar dey had it, twel atter w'ile Brer Rabbit, he say, sezee:

"De onlies' plan w'at I knows un, Brer Fox," sezee, "is fer you ter git down dar en lemme tie you ter de hoss tail, en den, w'en he try ter git up, you kin hole 'im down," sezee. "Ef I wuz big man like w'at you is," sez Brer Rabbit, sezee, "you mought tie me ter dat hoss' tail, en ef I aint hole 'im down, den Joe's dead en Sal's a widder. I des knows you kin hol' 'im down," sez Brer Rabbit, sezee, "but yit, ef you 'feared, we des better drap dat idee en study out some udder plan," sezee.

Brer Fox sorter jubious 'bout dis, but he bleedz ter play biggity 'fo' Brer Rabbit, en he tuck'n 'gree ter de progrance, en den Brer Rabbit, he tuck'n tie Brer Fox ter de hoss' tail, en atter he git 'im tie dar hard en fas', he sorter step back, he did, en put he han's 'kimbo, en grin, en den he say, sezee:

"Ef ever dey wuz a hoss kotch, den we done kotch dis un. Look sorter like we done put de bridle on de wrong een'," sezee, "but I lay Brer Fox is got de strenk fer ter hole 'im," sezee.

Wid dat, Brer Rabbit cut 'im a long switch en trim it up, en w'en he get it fix, up he step en hit de hoss a rap—*pow!* De hoss wuz dat s'prise at dat kinder doin's dat he make one jump, en lan' on he foots. W'en he do dat, dar wuz Brer Fox danglin' in de a'r, en Brer Rabbit, he dart out de way en holler:

"Hole 'im down, Brer Fox! Hole 'im down! I'll stan' out yer en see fa'r play. Hole 'im down, Brer Fox! Hole 'im down!"

Co'se, w'en de hoss feel Brer Fox hangin' dar onter he tail, he thunk sumpin kuse wuz de marter, en dis make 'im jump en r'ar wusser en wusser, en he shake up Brer Fox same like he wuz a rag in de win', en Brer Rabbit, he jump en holler:

"Hole 'im down, Brer Fox! Hole 'im down! You got 'im now, sho! Hole yo' grip, en hole 'im down," sezee.

De hoss, he jump en he hump, en he rip en he r'ar, en he snort en he t'ar. But yit Brer Fox hang on, en still Brer Rabbit skip roun' en holler:

"Hole 'im down, Brer Fox! You got 'im whar he can't needer back ner squall. Hole 'im down, Brer Fox!" sezee.

Bimeby, w'en Brer Fox git chance, he holler back, he did:

"How in de name er goodness I gwine ter hole de hoss down 'less I git my claw in de groun'?"

Den Brer Rabbit, he stan' back little fudder en holler little louder:

"Hole 'im down, Brer Fox! Hole 'im down! You got 'im now, sho! Hole 'im down!"

Bimeby de hoss 'gun ter kick wid he behime legs, en de fus' news you know, he fetch Brer Fox a lick in de stomach dat fa'rly make 'im squall, en den he kick 'im agin, en dis time he break Brer Fox loose, en sont 'im a-whirlin'; en Brer Rabbit, he keep on a-jumpin' roun' en hollerin':

"Hole 'im down, Brer Fox!"

Did the fox get killed, Uncle Remus? asked the little boy.

He wa'n't 'zackly kilt, honey, replied the old man, but he wuz de nex' do' ter 't. He wuz all broke up, en w'iles he wuz gittin' well, hit sorter come 'crosst he mine dat Brer Rabbit done play nudder game on 'im.

49

The Most Ticklish Chap

ONE NIGHT Brer Possum call by fer Brer Coon, 'cordin' ter 'greement, en atter gobblin' up a dish er fried greens en smokin' a seegyar, dey rambled fort' fer ter see how de balance er de settlement wuz gittin' 'long. Brer Coon, he wuz one er dese yer natchul pacers, en he racked 'long same ez Mars John's bay pony, en Brer Possum he went in a han'-gallop; en dey got over heap er groun', mon. Brer Possum, he got his belly full er 'simmons, en Brer Coon, he scoop up a 'bunnunce er frogs en tadpoles. Dey amble 'long, dey did, des ez sociable ez a basket er kittens, twel bimeby dey year Mr. Dog talkin' ter hisse'f way off in de woods.

"S'posin' he runs up on us, Brer Possum, w'at you gwineter do?" sez Brer Coon, sezee. Brer Possum sorter laugh roun' de cornders un his mouf.

"Oh, ef he come, Brer Coon, I'm gwineter stan' by you," sez Brer Possum. "W'at you gwineter do?" sezee.

"Who? me?" sez Brer Coon. "Ef he run up onter me, I lay I give 'im one twis'," sezee.

Mr. Dog, he come en he come a zoonin'. En he aint wait fer ter say howdy, needer. He des sail inter de two un um. De ve'y fus' pass he make, Brer Possum fetch a grin fum year ter year, en keel over like he wuz dead. Den Mr. Dog, he sail into Brer Coon, en right dar's whar he drap his money-pus, kaze Brer Coon wuz cut out fer dat kinder business, en he fa'rly wipe up de face er de yeth wid 'im. You better b'lieve dat w'en Mr. Dog got a chance to

"Went skaddlin' thoo de woods"

make hisse'f sca'ce he tuck it, en w'at der wuz lef' un him went skaddlin' thoo de woods like hit wuz shot outen a musket. En Brer Coon, he sorter lick his cloze inter shape en rack off, en Brer Possum, he lay dar like he wuz dead, twel bimeby he raise up sorter keerful like, en w'en he fine de coas' cle'r he scramble up en scamper off like sumpin was atter 'im.

Nex' time Brer Possum met Brer Coon, Brer Coon 'fuse ter 'spon' ter his howdy, en dis make Brer Possum feel mighty bad, seein' ez how dey useter make so many 'scursions tergedder.

"W'at make you hole yo' head so high, Brer Coon?" sez Brer Possum, sezee.

"I aint runnin' wid cowards dese days," sez Brer Coon. "W'en I wants you, I'll sen' fer you," sezee.

Den Brer Possum git mighty mad.

"Who's any coward?" sezee.

"You is," sez Brer Coon, "dat's who. I aint soshatin' wid dem w'at lays down on de groun' en plays dead w'en dar's a free fight gwine on," sezee.

Den Brer Possum grin en laff fit to kill hisse'f.

"Lor', Brer Coon, you don't speck I done dat kaze

"Dat's a mighty likely tale"

I wuz 'feared, does you?" sezee. "W'y, I wan't no mo' 'feared dan you is dis minute. W'at wuz dey fer ter be skeered un?" sezee. "I knowed you'd git away wid Mr. Dog ef I didn't, en I des lay dar watchin' you shake him, waitin' fer ter put in w'en de time come," sezee.

Brer Coon tu'n up his nose.

"Dat's a mighty likely tale," sezee, "w'en Mr. Dog aint mo'n tech you 'fo' you keel over, en lay dar stiff," sezee.

"Dat's des w'at I wuz gwineter tell you 'bout," sez Brer Possum, sezee. "I want no mo' skeered dan you is right now, en' I wuz fixin' fer ter give Mr. Dog a sample er my jaw," sezee, "but I'm de most ticklish chap w'at you ever laid eyes on, en no sooner did Mr. Dog put his nose down yer 'mong my ribs dan I got ter laffin', en I laffed twel I aint had no use er my limbs," sezee, "en it's a massy

"I don't mine fightin'"

unto Mr. Dog dat I wuz ticklish, kaze a little mo' en I'd e't 'im up," sezee. "I don't mine fightin', Brer Coon, no mo' dan you does," sezee, "but I 'clar' ter gracious ef I kin stan' ticklin'. Git me in a row whar dey aint no ticklin' 'lowed, en I'm your man," sezee.

En down ter dis day Brer Possum's boun' ter s'render w'en you tech 'im in de short ribs, en he'll laff ef he knows he's gwineter be smashed fer it.

50

Who Nibbled Up the Butter?

DE CREETURS, dey kep' on gittin' mo' en mo' familious wid wunner nudder, twel bimeby, 'twant long 'fo' Brer Rabbit, en Brer Fox, en Brer Possum got ter sorter bunchin' der perwishuns tergedder in de same shanty. Atter w'ile de roof sorter 'gun ter leak, en one day Brer Rabbit, en Brer Fox, en Brer Possum, 'semble fer ter see ef dey can't kinder patch 'er up. Dey had a big day's wuk in front un um, en dey fotch der dinner wid um. Dey lump de vittles up in one pile, en de butter w'at Brer Fox brung dey goes en puts in de spring-'ouse fer ter keep cool, en den dey went ter wuk, en 'twant long 'fo' Brer Rabbit stomach 'gun ter sorter growl en pester 'im. Dat butter er Brer Fox sot heavy on his mine, en his mouf water eve'y time he 'member 'bout it. Present'y he say ter hisse'f dat he bleedz ter have a nip at dat butter, en den he lay his plans, he did. Fus' news you know, w'ile dey wuz all wukkin' 'long, Brer Rabbit raise his head quick en fling his years forrerd en holler out:

"Yer I is. W'at you want wid me?"

"Yer I is. W'at you want wid me?" en off he put like sumpin wuz atter 'im.

He sallied roun', ole Brer Rabbit did, en atter he make sho dat nobody aint foller'n un 'im, inter de spring-'ouse he bounces, en dar he stays twel he git a bait er butter. Den he santer on back en go to wuk.

"Whar you bin?" sez Brer Fox, sezee.

"I year my chilluns callin' me," sez Brer Rabbit, sezee, "en I hatter go see w'at dey want. My ole 'oman done gone en tuck mighty sick," sezee.

Dey wuk on twel bimeby de butter tas'e so good dat ole Brer Rabbit want some mo'. Den he raise up his head, he did, en holler out:

"Heyo! Hole on! I'm a comin'!" en off he put.

Dis time he stay right smart w'ile, en w'en he git back Brer Fox ax him whar he bin.

"I been ter see my ole 'oman, en she's a-sinkin'," sezee.

Dreckly Brer Rabbit year um callin' 'im agin en off he goes, en dis time, bless yo' soul, he gits de butter out so clean dat he kin see hisse'f in de bottom er de bucket. He scrape it clean en lick it dry, en den he go back ter wuk lookin' mo' samer dan a nigger w'at de patter-rollers bin had holt un.

"How's yo' ole 'oman dis time?" sez Brer Fox, sezee.

"I'm 'blije ter you, Brer Fox," sez Brer Rabbit, sezee, "but I'm feared she's done gone by now," en dat sorter make Brer Fox en Brer Possum feel in moanin' wid Brer Rabbit.

Bimeby, w'en dinner-time come, dey all got out der vittles, but Brer Rabbit keep on lookin' lonesome, en Brer Fox en Brer Possum dey sorter rustle roun' fer ter see ef dey can't make Brer Rabbit feel sorter splimmy — sorter like he in a crowd — sorter like his ole 'oman aint dead ez she mought be. You know how folks does w'en dey gits whar people's a-moanin'.

Brer Fox en Brer Possum rustle roun', dey did, gittin' out de vittles, en bimeby Brer Fox, he say, sezee:

"Brer Possum, you run down ter de spring en fetch de butter, en I'll sail roun' yer en set de table," sezee.

Brer Possum, he lope off atter de butter, en dreckly yer he come lopin' back wid his years a trimblin' en his tongue a-hangin' out. Brer Fox, he holler out:

"W'at de matter now, Brer Possum?" sezee.

"You all better run yer, folks," sez Brer Possum, sezee. "De las' drap er dat butter done gone!"

"Whar she gone?" sez Brer Fox, sezee.

"Look like she dry up," sez Brer Possum, sezee.

Den Brer Rabbit, he look sorter solemn, he did, en he up'n say, sezee:

"I speck dat butter melt in somebody mouf," sezee.

Den dey went down ter de spring wid Brer Possum, en sho' 'nuff de butter done gone. W'iles dey wuz 'sputin' over der wonderment, Brer Rabbit say he see tracks all roun' dar, en he p'int out dat ef dey'll all go ter sleep, he kin ketch de chap w'at stole de butter. Den dey all lies down en Brer Fox en Brer Possum dey soon drapped off ter sleep, but Brer Rabbit he stay 'wake, en w'en de time come he raise up easy en smear Brer Possum mouf wid de butter on his paws, en den he run off en nibble up de bes' er de dinner w'at dey lef' layin' out, en den he come back en wake up Brer Fox, en show 'im de butter on Brer Possum mouf. Den dey wake up Brer Possum, en tell 'im 'bout it, but c'ose Brer Possum 'ny it ter de las'. Brer Fox, he's a kinder lawyer, en he argafy dis way — dat Brer Possum wuz de fus' one at de butter, en de fus' one fer ter miss it, en mo'n dat, dar hang de signs on his mouf. Brer Possum see dat dey got 'im jammed up in a cornder, en den he up en say dat de way fer ter ketch de man w'at stole de butter is ter buil' a big bresh-heap en set her afire, en all han's try ter jump over, en de one w'at fall in, den he de chap w'at stole de butter. Brer Rabbit en Brer Fox dey bofe 'gree, dey did, en dey whirl in en buil' de bresh-heap, en dey buil' 'er high en dey buil' her wide, en den dey totch 'er off.

"En show 'im de butter"

W'en she got ter blazin' up good, Brer Rabbit, he tuck de fus' tu'n. He sorter step back, en look roun' en giggle, en over he went mo' samer dan a bird flyin'. Den come Brer Fox. He got back little fudder, en spit on his han's, en lit out en made de jump, en he come so nigh gittin' in dat de een' er his tail kotch afire. Aint you never see no fox? Well, den, nex' time you see one un um, you look right close en see ef de een' er his tail aint w'ite. Hit's des like I tell you. Dey b'ars de skyar er dat bresh-heap down ter dis day. Deyer marked — dat's w'at dey is — deyer marked.

And what about Brother Possum? asked the little boy.

Ole Brer Possum, he tuck a runnin' start, he did, en he come lumberin' 'long, en he lit — *kerblam!* — right in de middle er de fire, en dat wuz de las' er ole Brer Possum.

I think, said the little boy, as Uncle Remus paused to fill his pipe, that Brother Rabbit was very cruel.

Shoo, honey, exclaimed the old man. You might talk dat way 'bout folks, but creeturs — well, folks is folks en creeturs is creeturs, en you can't make um needer mo' ner less. Creeturs is natally got ha'sh idees, en you may take notice: wharsomever you see ha'r en bristles, right dar youer mo' dan ap' ter fine claws en tushes.

"Lit out en made de jump"

51

The Little Rabbits

FINE um whar you will en w'en you may, remarked Uncle Remus with emphasis, good chilluns allers gits tuck keer on. Dar wuz Brer Rabbit's chilluns; dey minded der daddy en mammy fum day's een' ter day's een'. W'en ole man Rabbit say "scoot," dey scooted, en w'en ole Miss Rabbit say "scat," dey scatted. Dey did dat. En dey kep' der cloze clean, en dey aint had no smut on der nose needer.

Dey wuz good chilluns, en ef dey hadn't er bin, der wuz one time w'en dey wouldn't er bin no little rabbits — na'er one. Dat's w'at.

What time was that, Uncle Remus? the little boy asked.

De time w'en Brer Fox drapped in at Brer Rabbit house, en didn't fine nobody dar 'ceppin' de little Rabbits. Ole Brer Rabbit, he wuz off some'rs raiding on a collard patch, en ole Miss Rabbit she wuz tendin' on a quiltin' in de neighborhood, en wiles de little Rabbits wuz playin' hidin'-switch, in drapped Brer Fox. De little Rabbits wuz so fat dat dey fa'rly make his mouf water, but he skeered fer ter gobble um up 'ceppin' he got some skuse. De little Rabbits, dey mighty skittish, en dey sorter huddle deyse'f up tergedder en watch Brer Fox motions. Brer Fox, he sot dar en study w'at sorter

"He sot dar"

skuse he gwineter make up. Bimeby he see a great big stalk er sugar-cane stan'in' up in de cornder, en he cle'r up his th'oat en talk biggity:

"Yer! you young Rabs dar, sail roun' yer en broke me a piece er dat sweetnin'-tree," sezee, en den he koff.

De little Rabbits, dey got out de sugar-cane, dey did, en dey wrastle wid it, en sweat over it, but 'twant no use. Dey couldn't broke it. Brer Fox, he make like he aint watchin', but he keep on hollerin':

"Hurry up dar, Rabs! I'm a waitin' on you."

En de little Rabbits, dey hustle roun' en wrastle wid it, but dey couldn't broke it. Bimeby dey year little bird singin' on top er de house, en de song w'at de little bird sing wuz dish yer:

> "Take yo' toofies en gnyaw it,
> Take yo' toofies en saw it,
> Saw it en yoke it,
> En den you kin broke it."

Den de little Rabbits, dey git mighty glad, en dey gnyawed de cane mos' 'fo' ole Brer Fox could git his legs oncrosst, en w'en dey kyard 'im de cane, Brer Fox, he sot dar en study how he gwineter make some mo' skuse fer nabbin' un um, en bimeby he git up en git down de sifter w'at wuz hangin' on de wall, en holler out:

"Come yer, Rabs! Take dish yer sifter, en run down ter de spring en fetch me some fresh water."

De little Rabbits, dey run down ter de spring, en try ter dip up de water wid de sifter, but co'se hit all run out, en hit keep on runnin' out, twel bimeby de little Rabbits sot down en 'gun ter cry. Den de little bird settin' up in de tree he 'gun fer ter sing, en dish yer's de song w'at he sing:

> "Sifter hole water same ez a tray,
> Ef you fill it wid moss en daub it wid clay;
> De fox git madder de longer you stay —
> Fill it wid moss en daub it wid clay."

Up dey jump, de little Rabbits did, en dey fix de sifter so 'twon't leak, en den dey kyar de water ter ole Brer Fox. Den Brer Fox he git mighty mad, en p'int out a great big stick er wood, en tell de little Rabbits fer ter put dat on de fire. De little chaps dey got roun' de wood, dey did, en dey lif' at it so

"Dey year de little bird"

hard twel dey could see der own sins, but de wood aint budge. Den dey year de little bird singin', en dish yer's de song w'at he sing:

> "Spit in yo' han's en tug it en toll it,
> En git behime it, en push it, en pole it;
> Spit in yo' han's en r'ar back en roll it."

En des 'bout de time dey got de wood on de fire, der daddy, he come skippin' in, en de little bird, he flewed away. Brer Fox, he seed his game wuz up, en 'twant long 'fo' he make his skuse en start fer ter go.

"You better stay en take a snack wid me, Brer Fox," sez Brer Rabbit, sezee. "Sence Brer Wolf done quit comin' en settin' up wid me, I gittin' so I feels right lonesome dese long nights," sezee.

But Brer Fox, he button up his coat-collar tight en des put out fer home.

52

The Fresher the Better

OLE Brer Wolf want ter eat de little Rabs all de time, but dey wuz one time in 'tickler dat dey make his mouf water, en dat wuz de time w'en him en Brer Fox wuz wizzitin' at Brer Rabbit's house. De times wuz hard, but de little Rabs wuz slick en fat, en des ez frisky ez kittens. Ole Brer Rabbit wuz off som'ers, en Brer Wolf en Brer Fox wuz waitin' fer 'im. De little Rabs wuz playin' roun', en dough dey wuz little, dey kep' der years open. Brer Wolf look at um out'n de cornder un his eyes, en lick his chops en wink at Brer Fox, en Brer Fox wunk back at 'im. Brer Wolf cross his legs, en den Brer Fox cross his'n. De little Rabs, dey frisk en dey frolic.

Brer Wolf hole his head todes um en 'low, "Dey-er mighty fat."

Brer Fox grin, en say, "Man, hush yo' mouf!"

De little Rabs frisk en frolic, en play fudder off, but dey keep der years primed.

Brer Wolf look at um en 'low, "Aint dey slick en purty?"

Brer Fox chuckle, en say, "Oh, I wish you'd hush!"

De little Rabs play off fudder en fudder, but dey keep der years open.

Brer Wolf smack his mouf; en 'low, "Deyer juicy en tender."

Brer Fox roll his eye en say, "Man, aint you gwine ter hush up, 'fo' you gi' me de fidgets?"

De little Rabs dey frisk en dey frolic, but dey year eve'ything dat pass.

Brer Wolf lick out his tongue quick, en 'low, "Le's us whirl in en eat um."

Brer Fox say, "Man, you make me hongry! Please hush up!"

De little Rabs play off fudder en fudder, but dey know 'zackly w'at gwine on. Dey frisk en dey frolic, but dey got der years wide open.

Den Brer Wolf make a bargain wid Brer Fox dat w'en Brer Rabbit git home, one un um ud git 'im wropped up in a 'spute 'bout fus' one thing en den nudder, w'iles tudder one ud go out en ketch de little Rabs.

Brer Fox 'low, "You better do de talkin', Brer Wolf, en lemme coax de little Rabs off. I got mo' winnin' ways wid chilluns dan w'at you is."

Brer Wolf say, "You can't make gou'd out'n punkin, Brer Fox. I aint no talker. Yo' tongue lots slicker dan mine. I kin bite lots better'n I kin talk. Dem little Rabs don't want no coaxin'; dey wants ketchin' — dat w'at dey wants. You keep ole Brer Rabbit busy, en I'll ten' ter de little Rabs."

Bofe un um know'd dat w'ichever kotch de little Rabs, de udder one aint gwine smell hide ner ha'r

"Brer Rabbit sot de jug down"

un um, en dey flew up en got ter 'sputin', en w'iles dey wuz 'sputin' en gwine on dat a-way, de little Rabs put off down de road, — *blickety-blickety,* — fer ter meet der daddy. Kaze dey knowed if dey stayed dar dey'd git in big trouble.

Dey went off down de road, de little Rabs did, en dey aint gone so mighty fur 'fo' dey meet der daddy comin' 'long home. He had his walkin' cane in one han' en a jug in de udder, en he look ez big ez life, en twice ez nat'al.

De little Rabs run todes 'im en holler, "What you got, daddy? W'at you got, daddy?"

Brer Rabbit say, "Nothin' but er jug er merlasses."

De little Rabs holler, "Lemme tas'e, daddy! Lemme tas'e, daddy!"

Den ole Brer Rabbit sot de jug down in de road en let um lick de stopper a time er two, en atter dey done get der win' back, dey up'n tell 'im 'bout de 'greement dat Brer Wolf en Brer Fox done make, en 'bout de 'spute w'at dey had. Ole Brer Rabbit sorter laff ter hisse'f, en den he pick up his jug en jog todes home. W'en he git mos' dar he stop en tell de little Rabs fer stay back dar out er sight, en wait twel he call um 'fo' dey come. Dey wuz mighty glad ter do des like dis, kaze dey'd done seed Brer Wolf tushes, en Brer Fox red tongue, en dey huddle up in de broom-sage ez still ez a mouse in de flour bar'l.

Brer Rabbit went on home, en sho 'nuff, he fine Brer Wolf en Brer Fox waitin' fer 'im. Dey'd done settle der 'spute, en dey wuz settin' dar des ez smilin' ez a basket er chips. Dey pass de time er day wid

Brer Rabbit, en den dey ax 'im w'at he got in de jug. Brer Rabbit hummed en hawed, en looked sorter solemn.

Brer Wolf look like he wuz bleedz ter fine out w'at wuz in de jug, en he keep a pesterin' Brer Rabbit 'bout it; but Brer Rabbit des shake his head en look solemn, en talk 'bout de wedder en de craps, en one thing en nudder. Bimeby Brer Fox make out he wuz gwine atter a drink er water, en he slip out, he did, fer ter ketch de little Rabs. Time he git out de house, Brer Rabbit look all roun' ter see ef he listenin', en den he went ter de jug en pull out de stopper.

He han' it ter Brer Wolf en say, "Tas'e dat."

Brer Wolf tas'e de merlasses, en smack his mouf. He 'low, "W'at kinder truck dat? Hit sho is good."

Brer Rabbit git up close ter Brer Wolf en say, "Don't tell nobody. Hit's Fox-blood."

Brer Wolf look 'stonish'. He 'low. "How you know?"

Brer Rabbit say, "I knows w'at I knows!"

Brer Wolf say, "Gimme some mo'!"

Brer Rabbit say, "You kin git some mo' fer yo'se'f easy 'nuff, en de fresher 'tis, de better."

Brer Wolf 'low, "How you know?"

Brer Rabbit say, "I knows w'at I knows!"

Wid dat Brer Wolf stepped out, en start todes Brer Fox. Brer Fox seed 'im comin', en he sorter back off. Brer Wolf got little closer, en bimeby he make a dash at Brer Fox. Brer Fox dodge, he did, en den he put out fer de woods wid Brer Wolf right at his heels.

Den atter so long a time, atter Brer Rabbit got

done laffin', he call up de little Rabs, gi' um some merlasses fer supper, en spanked um en sont um ter bed.

Well, what did he spank 'em for, Uncle Remus? asked the little boy.

Ter make um grow, honey — des ter make um grow! Young creeturs is got ter have der hide loosened dat a-way, same ez young chilluns.

53

Brer Buzzard and the Tombstone

WELL, den, one day, atter so long a time, Brer Wolf en Brer Fox dey got ter 'sputin' 'longer wunner nudder. Brer Wolf, he tuck'n 'buse Brer Fox kaze Brer Fox let Brer Rabbit fool 'im, en den Brer Fox, he tuck'n quol back at Brer Wolf, kaze Brer Wolf let ole man Rabbit likewise fool 'im. Dey keep on 'sputin' en 'sputin', twel bimeby dey clinch, en Brer Wolf bein' de bigges' man, 'twouldn't a bin long 'fo' he'd 'a' wooled Brer Fox, but Brer Fox, he watch he chance, he did, en he gin 'im leg bail.

He juk loose fum Brer Wolf, Brer Fox did, en, gentermens, he des mosey thoo de woods. Brer Wolf, he tuck atter 'im, he did, en dar dey had it, en Brer Wolf push Brer Fox so close, dat de onliest way Brer Fox kin save he hide is ter fine a hole some'rs, en de fus' holler tree dat he come 'crosst, inter it he dove. Brer Wolf fetcht a grab at 'im, but he wuz des in time fer ter be too late.

Den Brer Wolf, he sot dar, he did, en he study en study how he gwine git Brer Fox out, en Brer Fox, he lay in dar, he did, en he study en study w'at Brer Wolf gwine do. Bimeby, Brer Wolf, he tuck'n gedder up a whole lot er chunks, en rocks, en sticks, en den he tuck'n fill up de hole whar Brer Fox went in so Brer Fox can't git out. W'iles dis wuz gwine on, ole Brer Tukkey Buzzard, he wuz sailin' roun' way up in de elements, wid he eye peel fer business, en 'twant long 'fo' he glance lit on Brer Wolf, en he 'low ter hisse'f, sezee:

"I'll des sorter flop down," sezee, "en look inter dis, kaze ef Brer Wolf hidin' he dinner dar wid de 'spection er findin' it dar w'en he come back, den he done gone en put it in de wrong place," sezee.

Wid dat ole Brer Tukkey Buzzard, he flop down en sail roun' nigher, en he soon see dat Brer Wolf aint hidin' no dinner. Den he flop down fudder, ole Brer Buzzard did, twel he lit on de top er de holler tree. Brer Wolf, he done kotch a glimpse er ole Brer Buzzard shadder, but he keep on puttin' chunks en rocks in de holler. Den, present'y, Brer Buzzard, he open up:

"W'at you doin' dar, Brer Wolf?"

"Makin' a tombstone, Brer Buzzard."

Co'se Brer Buzzard sorter feel like he got intres' in marters like dis, en he holler back:

"Who dead now, Brer Wolf?"

"Wunner yo' 'quaintance, w'ich he name Brer Fox, Brer Buzzard."

"W'en he die, Brer Wolf?"

"He aint dead yit, but he won't las' long in yer, Brer Buzzard."

Brer Wolf, he keep on, he did, twel he done stop up de hole good, en den he bresh de trash off'n his cloze, en put out fer home. Brer Tukkey Buzzard, he sot up dar, he did, en ontankle his tail fedders, en listen en listen, but Brer Fox, he keep dark, en Brer Buzzard aint year nothin'. Den Brer Buzzard, he flop he wings en sail away.

Bimeby, nex' day, bright en early, yer he come back, en he sail all roun' en roun' de tree, but Brer Fox he lay low en keep dark, en Brer Buzzard aint year nothin'. Atter w'ile, Brer Buzzard he sail roun' agin, en dis time he sing, en de song w'at he sing is dish yer:

"Boo, boo, boo, my filler-mer-loo,
Man out yer wid news fer you!"

Den he sail all roun' en roun' nudder time en listen, en bimeby he year Brer Fox sing back:

"Go 'way, go 'way, my little jug er beer,
De news you bring I heerd las' year."

"So den, w'en Brer Buzzard year Brer Fox sing back, he 'low he aint dead, en wid dat, Brer Buzzard, he sail off en 'ten' ter he udder business. Nex' day back he come, en Brer Fox, he sing back, he did, des ez lively ez a cricket in de ashes, en it keep on dis way twel Brer Fox stomach 'gun ter pinch him, en den he know dat he gotter study up some kinder plans fer ter git out fum dar. Nudder day pass, en Brer Fox, he tuck'n lay low, en it keep on dat a-way twel hit look like ter Brer Fox, pent up in dar, dat he mus' sholy pe'sh. Las', one day Brer Buzzard come sailin' all roun' en roun' wid dat

"Boo, boo, boo, my filler-mer-loo,"

but Brer Fox, he keep dark, en Brer Buzzard, he tuck'n 'spicion dat Brer Fox wuz done dead. Brer Buzzard, he keep on singin', en Brer Fox he keep on layin' low, twel bimeby Brer Buzzard lit en 'gun ter cle'r 'way de trash en truck fum de holler. He hop up, he did, en tuck out one chunk, en den he hop back en listen, but Brer Fox stay still. Den Brer Buzzard hop up en tuck out nudder chunk, en den hop back en listen, en all dis time Brer Fox mouf wuz waterin' w'iles he lay back in dar en des nat'ally honed atter Brer Buzzard. Hit went on dis a-way, twel des 'fo' he got de hole onkivvered, Brer Fox, he break out he did, en grab Brer Buzzard by de back er de neck. Dey wuz a kinder scuffle 'mongst um, but 'twant fer long, en dat wuz de las' er ole Brer Tukkey Buzzard.

54

Why Mr. Dog Is Tame

IN DEM DAYS ole Brer Dog wuz e'en 'bout like he is dese days, scratchin' fer fleas en growlin' over his vittles stidder sayin' grace, en buryin' de bones w'en he had one too many. He wuz des like he is now, 'ceppin' dat he wuz wile. He galloped wid Brer Fox, en loped wid Brer Wolf, en cantered wid Brer Coon. He went all de gaits, en he had des ez good a time ez any un um en des ez bad a time.

Now one day, some'rs 'twix' Monday mawnin' en Sat'day night, he wuz settin' in de shade scratchin' hisse'f en he wuz tooken wid a spell er thinkin'. He'd des come thoo a mighty hard winter wid de udder creeturs, en he up en say ter hisse'f dat ef he had ter do like dat one mo' season, it'd be de een' er 'im en his fambly. You could count his ribs, en his 'ip-bones stuck out like de hawns on a hat-rack.

W'iles he wuz settin' dar scratchin' en studyin' en studyin' en scratchin', who should come meanderin' down de big road but ole Brer Wolf; en hit wuz,

"Hello, Brer Dog! You look like you aint seed de inside un a smokehouse fer quite a whet. I aint sayin' dat I got much fer ter brag on, kaze I aint in no better fix dan w'at you is. De colder it gits, de skacer de vittles grows." Den he ax Brer Dog whar he gwine en how soon he gwineter git dar.

Brer Dog make answer dat it don't make no diffunce whar he go ef he don't fine dinner ready.

Brer Wolf 'low dat de way ter git dinner is ter make a fire, kaze 'taint no use fer ter try ter eat ef dey don't do dat. Ef dey don't git nothin' fer ter cook, dey'll have a place whar dey kin keep wa'm.

Brer Dog say he see whar Brer Wolf is dead right, but whar dey gwine git a fire.

Brer Wolf say de quickes' way is ter borry a chunk fum Mr. Man er his ole 'oman, but w'en it come ter sayin' who gwine atter it, dey bofe kinder hung back kaze dey knowed dat Mr. Man had a walkin'-cane w'at he kin p'int at anybody en snap a cap on it en blow de light right out.

But bimeby Brer Dog say he'll go atter de chunk er fire, en he aint no mo' dan say dat 'fo' off he put, en he travel so peart dat 'twant long 'fo' he come ter Mr. Man's house. W'en he got ter de gate, he sot down en done some mo' studyin', en ef de gate had 'a' bin shot, he'd 'a' tu'ned right roun' en went back like he come. But some er de chillun had bin playin' out in de yard en dey lef' de gate open; so dar 'twuz. Study ez he mought, he can't fine no skuse fer gwine back widout de chunk er fire. En in he went.

Well, talk 'bout folks bein' 'umble, you aint seed no 'umble-come-tumble twel you see Brer Dog w'en he went in dat gate. He aint take time fer ter look roun', he so skeered. He years hogs a-gruntin' en pigs a-squealin', he year hens a-cacklin' en roosters crowin', but he aint tu'n his head. He had sense 'nuff not ter go in de house by de front way. He went roun' de back way whar de kitchen wuz, en w'en he got dar, he 'fraid ter go any fudder. He went ter de do', he did, en he 'fraid ter knock. He year chillun laffin' en playin' in dar, en fer de fus' time in all his bawn days he 'gun ter feel lonesome.

Bimeby some un open de do' en den shot it right quick. But Brer Dog aint see nobody; he wuz too 'umble-come-tumble fer dat. He wuz lookin' at de groun' en wonderin' w'at wuz gwineter happen nex'. It must 'a' bin wunner de chillun w'at open de do', kaze 'twant long 'fo' yer come Mr. Man wid de walk-in'-cane w'at had fire in it. He come ter de do', he did, en he say, "W'at you want yer?" Brer Dog wuz too skeered fer ter talk; all he kin do is ter des wag his tail. Mr. Man, he 'low, "You in de wrong house en you better go on whar you got some business."

Brer Dog, he crouch down close ter de groun' en wag his tail. Mr. Man, he look at 'im en he aint know whedder fer ter tu'n loose his gun er not, but his ole 'oman, she year 'im talkin' en she come ter de do' en see Brer Dog crouchin' dar, 'umbler dan de 'umbles', en she say, "Po' feller, you aint gwineter hu't nobody, is you?"

Brer Dog 'low, "No, ma'am, I aint. I des come fer ter borry a chunk er fire."

She say, "W'at in de name er goodness does you want wid fire? Is you gwine ter bu'n us out'n house en home?"

Brer Dog 'low, "No, ma'am, dat I aint. I des wanter git wa'm."

Den de 'oman say, "I clean fergot 'bout de cole wedder; come in de kitchen yer en wa'm yo'se'f much ez you wanter."

Dat wuz mighty good news fer Brer Dog, en in he went. Dey wuz a nice big fire on de h'a'th, en de chillun wuz settin' all roun' eatin' der dinner. Dey make room fer Brer Dog, en down he sot in a wa'm cornder en 'twant long 'fo' he wuz feelin' right splimmy-splammy. But he wuz mighty hongry. He sot dar, he did, en watch de chillun eatin' der ash-cake en buttermilk, en his eyeballs 'ud foller eve'y mouffle dey et. De 'oman, she notice dis, en she went ter de cubbud en got a piece er wa'm ashcake en put it down on de h'a'th.

Brer Dog aint need no secon' invite; he des gobble up de ashcake 'fo' you kin say Jack Robberson wid yo' mouf shot. He aint had nigh 'nuff, but he knowed better dan ter show w'at his appetites wuz. He 'gun ter feel good, en den he got down on his hunkers en lay his head down on his fo' paws en make like he gwinter sleep. Atter w'ile he smell Brer Wolf, en he raise his head en look todes de do'. Mr. Man he tuck notice, en he say he b'lieve dey's some un sneakin' roun'. Brer Dog raise his head, en snuff todes de do', en growl ter hisse'f. So Mr. Man tuck down his gun fum over de fireplace en went out. De fus' thing he see w'en he git out'n de yard wuz Brer Wolf runnin' out de gate, en he up wid his gun — *bang* — en he year Brer Wolf holler. All he got wuz a han'ful er ha'r, but he come mighty nigh gittin' de whole hide.

Well, atter dat Mr. Man fine out dat Brer Dog could do 'im a heap er good, fus' one way en den nudder. He could head de cows off w'en dey make a break thoo de woods, he could take keer er de sheep, en he could wa'n Mr. Man w'en some er de udder creeturs wuz prowlin' roun'. En den he wuz some comp'ny w'en Mr. Man went huntin'. He

"He wuz some comp'ny"

could trail de game, he could fine his way home fum anywhars, en he could play wid de chillun des like he wuz wunner um.

'Twant long 'fo' he got fat, en one day w'en he wuz amblin' in de woods he meet up wid Brer Wolf. He howdied at 'im, he did, but Brer Wolf won't skacely look at 'im. Atter w'ile he say, "Brer Dog, whyn't you come back dat day w'en you went atter fire?"

Brer Dog p'int ter de collar on his neck. He 'low, "You see dis? Well, hit'll tell you lots better dan w'at I kin."

Brer Wolf say, "You mighty fat. Why can't I come dar en do like you does?"

Brer Dog 'low, "Dey aint nothin' fer ter hinder you."

De nex' mawnin' bright en early Brer Wolf knock at Mr. Man's do'. Mr. Man peep out en see who 'tis, en tuck down his gun en went out. Brer Wolf try ter be perlite, en he smile. But w'en he smile, he showed all his tushes, en dis kinder skeer Mr. Man. He say, "W'at you doin' sneakin' roun' yer?" Brer Wolf try ter be mo' perliter dan ever, en he grin fum year ter year. Dis show all his tushes, en Mr. Man lammed aloose at 'im. En dat wuz de las' time dat Brer Wolf ever try ter live wid Mr. Man, en fum dat time on down ter dis day hit wuz war 'twix' Brer Wolf en Brer Dog.

55

The End of Brer B'ar

ONE TIME w'en Brer Rabbit wuz gwine lopin' home fum a frolic w'at dey bin havin' up at Miss Meadows's, who should he happen up wid but ole Brer B'ar. Co'se atter w'at done pass 'twix um dey wa'n't no good feelin's 'tween Brer Rabbit en ole Brer B'ar, but Brer Rabbit, he wanter save his manners, en so he holler out:

"Heyo, Brer B'ar! how you come on?" I aint seed you in a coon's age. How all down at yo' house? How Miss Brune en Miss Brindle?" Miss Brune wuz Brer B'ar's ole 'oman, en Miss Brindle wuz his gal. Dat w'at dey call um in dem days. So den Brer Rabbit, he ax him howdy, he did, en Brer B'ar, he 'spon' dat he wuz mighty po'ly, en dey amble 'long, dey did, sorter familious like, but Brer Rabbit, he keep one eye on Brer B'ar, en Brer B'ar, he study how he gwine nab Brer Rabbit. Las' Brer Rabbit, he up'n say, sezee:

"Brer B'ar, I speck I got some business cut out fer you," sezee.

"Heyo, Brer B'ar!"

"W'at dat, Brer Rabbit?" sez Brer B'ar, sezee.

"W'iles I wuz cleanin' up my new-groun' day 'fo' yistiddy," sez Brer Rabbit, sezee, "I come 'crosst wunner dese yer ole time bee-trees. Hit start holler at de bottom, en stay holler plumb ter de top, en de honey's des natally oozin' out, en ef you'll drap yo' 'gagements en go 'longer me," sez Brer Rabbit, sezee, "you'll git a bait dat'll las' you en yo' fambly twel de middle er nex' mont'," sezee.

Brer B'ar say he much 'blije en he b'lieve he'll go 'long, en wid dat dey put out fer Brer Rabbit's new-groun', w'ich 'twant so mighty fur. Leas'ways, dey got dar atter w'ile. Ole Brer B'ar, he 'low dat he kin smell de honey. Brer Rabbit, he 'low dat he kin see de honey-comb. Brer B'ar, he low dat he can year de bees a zoonin'. Dey stan' roun' en talk big.

gity, dey did, twel bimeby Brer Rabbit, he up'n say, sezee:

"You do de climbin', Brer B'ar, en I'll do de rushin' roun'; you climb up ter de hole, en I'll take

"He stir up dem bees"

dis yer pine pole en shove de honey up whar you kin git 'er," sezee.

Ole Brer B'ar, he spit on his han's en skint up de tree, en jam his head in de hole, en sho'nuff, Brer Rabbit, he grab de pine pole, en de way he stir up dem bees wuz sinful — dat's w'at it wuz. Hit wuz sinful. En de bees dey swarmed on Brer Ba'r's head, twel 'fo' he could take it out'n de hole hit wuz done swell up bigger dan dat dinner-pot, en dar he swung, en ole Brer Rabbit, he dance roun' en sing:

> "Tree stan' high, but honey mighty sweet —
> Watch dem bees wid stingers on der feet."

But dar ole Brer B'ar hung, en ef his head aint swunk, I speck he hangin' dar yit — dat w'at I speck.

56

Brer Wolf Says Grace

IN DEM DAYS de creeturs wuz constant gwine a-co'tin'; dey wuz constant a-co'tin'. En 'twant none er dish yer "Howdy-do-ma'am-I-speck-I-better-be-gwine," 'needer. Hit wuz go atter brekkus en stay twel atter supper.

One mawnin' Brer Rabbit tuck'n slick hisse'f up, he did, en den he put out fer ter pay a call on Miss Meadows en de gals. He tipped in, ole Brer Rabbit did, en he galanted roun' 'mongst um, same like one er dese yer town chaps, w'at you see come out ter Harmony Grove meetin'-house. Dey talk en dey laff; dey laff en dey giggle. Bimeby, 'long todes night, Brer Rabbit 'low he better be gwine. De wimmen folks dey all ax 'im fer ter stay twel atter supper, kaze he sech lively comp'ny, but Brer Rabbit feared some er de udder creeturs be hidin' out fer 'im; so he tuck'n pay his 'specks, he did, en start fer home.

He aint git fur twel he come up wid a great big basket settin' down by de side er de big road. He look up de road; he aint see nobody. He look down de road; he aint see nobody. He look 'fo', he look behime, he look all roun'; he aint see nobody. He listen, en listen; he aint year nothin'. He wait, en he wait; nobody aint come.

Den, bimeby Brer Rabbit go en peep in de basket, en it seem like it half full er green truck. He retch he han' in, he did, en git some en put it in he mouf. Den he shet he eye en do like he studyin' 'bout sumpin. Atter w'ile, he 'low ter hisse'f, "Hit look like sparrer-grass, hit feel like sparrer-grass, hit tas'e like sparrer-grass, en I be bless ef 'taint sparrer-grass."

Wid dat Brer Rabbit jump up, he did, en crack he heel tergedder, en he fetch one leap en lan' in de basket, right spang in 'mongst de sparrer-grass. Dar whar he miss he footin', kaze w'en he jump in 'mongst de sparrer-grass, right den en dar he jump in 'mongst ole Brer Wolf, w'ich he were quile up at de bottom.

Time Brer Wolf grab 'im, Brer Rabbit knowed he wuz a gone case; yit he sing out, he did:

"I des tryin' ter skeer you, Brer Wolf; I des tryin' ter skeer you. I knowed you wuz in dar, Brer Wolf. I knowed you by de smell!" sez Brer Rabbit, sezee.

Ole Brer Wolf grin, he did, en lick he chops, en up'n say:

"Mighty glad you knowed me, Brer Rabbit, kaze I knowed you des time you drapped in on me. I tuck'n tell Brer Fox yistiddy dat I wuz gwine take a nap 'longside er de road, en I boun' you 'ud come 'long en wake me up, en sho 'nuff, yer you come en yer you is," sez Brer Wolf, sezee.

W'en Brer Rabbit year dis, he 'gun ter git mighty skeered, en he whirl in en beg Brer Wolf fer ter please tu'n 'im loose; but dis make Brer Wolf grin wusser, en he toof look so long en shine so w'ite, en he gum look so red, dat Brer Rabbit hush up en stay still. He so skeered dat he breff come quick, en he heart go like flutter-mill. He chune up like he gwine cry:

"Whar you gwine kyar me, Brer Wolf?"

"Down by de branch, Brer Rabbit."

"W'at you gwine down dar fer, Brer Wolf?"

"So I kin git some water ter clean you wid atter I done skunt you, Brer Rabbit."

"Please, sir, lemme go, Brer Wolf."

"You talk so young you make me laff, Brer Rabbit."

"Dat sparrer-grass done make me sick, Brer Wolf."

'You'll be sicker'n dat 'fo' I git done wid you, Brer Rabbit."

"Whar I come fum nobody dast ter eat sick folks, Brer Wolf."

"Whar I come fum dey aint dast ter eat no udder kin, Brer Rabbit."

Dey went on dis a-way plumb twel dey git ter de branch. Brer Rabbit, he beg en cry, en cry en beg, en Brer Wolf, he 'fuse en grin, en grin en 'fuse. W'en dey come ter de branch, Brer Wolf lay Brer Rabbit down on de groun' en hilt 'im dar, en den he study how he gwine make way wid 'im. He study en he study, en w'iles he studyin' Brer Rabbit, he tuck'n study some on he own hook.

Den w'en it seem like Brer Wolf done fix all de 'rangerments, Brer Rabbit, he make like he cryin' wusser en wusser; he des fa'rly blubber.

"Ber — ber — Brer Wooly — ooly — oolf! Is you gwine — is you gwine ter sakerfice me right now — ow — ow?"

"Dat I is, Brer Rabbit; dat I is."

"Well, ef I blee-eedz ter be kilt, Brer Wooly — ooly — oolf, I wants ter be kilt right, en ef I blee-eedz ter be e't, I wants ter be e't ri — ight, too, now!"

"How dat, Brer Rabbit?"

"I want you ter show yo' p'liteness, Brer Wooly — ooly — oolf!"

"How I gwine do dat, Brer Rabbit?"

"I want you ter say grace, Brer Wolf, en say it quick, kaze I gittin' mighty weak."

"How I gwine say grace, Brer Rabbit?"

"Fole yo' han's und' yo' chin, Brer Wolf, en shet yo' eyes, en say: 'Bless us en bine us, en put us in crack whar de Ole Boy can't fine us.' Say it quick, Brer Wolf, kaze I failin' mighty fas'."

Brer Wolf, he put up he han's, he did, en shot he eyes, en 'low, "Bless us en bine us"; but he aint git no fudder, kaze des time he take up he han's, Brer Rabbit fotch a wiggle, he did, en lit on he foots, en he des natally lef' a blue streak behime 'im.

57

The Awful Fate of Brer Wolf

BRER RABBIT aint see no peace w'atsomever. He can't leave home 'cep' Brer Wolf 'ud make a raid en tote off some er de fambly. Brer Rabbit built 'im a straw house, en hit wuz tored down; den he made a house outen pine-tops, en dat went de same way; den he made 'im a bark house, en dat wuz raided on, en eve'y time he los' a house he los' one er his chilluns. Las' Brer Rabbit got mad, he did, en cussed, en den he went off, he did, en got some kyarpinters, en dey built 'im a plank house wid rock foundations. Atter dat he could have some peace en quietness. He could go out en pass de time er day wid his neighbors, en come back en set by de fire, en smoke his pipe, en read de newspapers same like any man w'at got a fambly. He made a hole, he did, in de cellar whar de little Rabbits could hide out w'en dar wuz much er a racket in de neighborhood, en de latch er de front do' kotch on de inside. Brer Wolf, he see how de lan' lay, he did, en he lay low.

"He los' one er his chilluns"

De little Rabbits was mighty skittish, but hit got so dat cole chills aint run up Brer Rabbit's back no mo' w'en he heerd Brer Wolf go gallopin' by.

Bimeby, one day w'en Brer Rabbit wuz fixin' fer ter call on Miss Coon, he heerd a monstus fuss en clatter up de big road, en 'mos' 'fo' he could fix his years fer ter listen, Brer Wolf run in de do'. De little Rabbits dey went inter der hole in de cellar, dey did, like blowin' out a cannle. Brer Wolf wuz fa'rly kivvered wid mud, en mighty nigh outer win'.

"Oh, do pray save me, Brer Rabbit!" sez Brer Wolf, sezee. "Do please, Brer Rabbit! de dogs is atter me, en dey'll t'ar me up. Don't you year um comin'? Oh, do please save me, Brer Rabbit! Hide me some'rs whar de dogs won't git me."

"Oh, do pray save me"

No quicker said dan done.

"Jump in dat big chist dar, Brer Wolf," sez Brer Rabbit, sezee; "jump in dar en make yo'se'f at home."

In jump Brer Wolf, down come de led, en inter de hasp went de hook, en dar Mr. Wolf wuz. Den Brer Rabbit went ter de lookin'-glass, he did, en wink at hisse'f, en den he drawed de rockin'-cheer in front er de fire, he did, en tuck a big chaw terbarker. Den Brer Rabbit sot dar long time, he did, tu'nin' his mine over en wukkin' his thinkin' machine. Bimeby he got up, en sorter stir roun'. Den Brer Wolf open up:

"Is de dogs all gone, Brer Rabbit?"

"Seem like I year one un um smellin' roun' de chimbly-cornder des now."

Den Brer Rabbit git de kittle en fill it full er water, en put it on de fire.

'W'at yo doin' now, Brer Rabbit?"

"I'm fixin' fer ter make you a nice cup er tea, Brer Wolf."

Den Brer Rabbit went ter de cubbud en git de gimlet, en commence for ter bo' little holes in de chist-led.

"W'at you doin' now, Brer Rabbit?"

"A-bo'in' little holes"

"I'm a bo'in' little holes so you kin get breff, Brer Wolf."

Den Brer Rabbit went out en git some mo' wood, en fling it on de fire.

"W'at you doin' now, Brer Rabbit?"

"I'm a chunkin' up de fire so you won't git cole, Brer Wolf."

Den Brer Rabbit went down inter de cellar en fotch out all his chilluns.

'W'at you doin' now, Brer Rabbit?"

"I'm a tellin' my chilluns w'at a nice man you is, Brer Wolf."

En de chilluns, dey hatter put der han's on der moufs fer ter keep fum laffin'. Den Brer Rabbit he got de kittle en commenced fer to po' de hot water on de chist-led.

"W'at dat I year, Brer Rabbit?"

"You year de win' a blowin', Brer Wolf."

Den de water begin fer ter sif' thoo.

"W'at dat I feel, Brer Rabbit?"

"You feels de fleas a bitin', Brer Wolf."

"Deyer bitin' mighty hard, Brer Rabbit."

"Tu'n over on de udder side, Brer Wolf."

"W'at dat I feel now, Brer Rabbit?"

"Still you feels de fleas, Brer Wolf."

"Dey er eatin' me up, Brer Rabbit," en dem wuz de las' words er Brer Wolf, kaze de scaldin' water done de business.

58

Bookay

ONE DAY Brer Rabbit go ter Brer Fox house, he did, en he put up mighty po' mouf. He say his ole 'oman sick, en his chilluns cole, en de fire done gone out. Brer Fox, he feel bad 'bout dis, en he tuck'n s'ply Brer Rabbit widder chunk er fire. Brer Rabbit see Brer Fox cookin' some nice beef, en his mouf gun ter water, but he take de fire, he did, en he put out todes home; but present'y yer he come back, en he say de fire done gone out. Brer Fox 'low dat he want er invite to dinner, but he don't say nothin', en bimeby Brer Rabbit he up'n say, sezee:

"Brer Fox, whar you git so much nice beef?" sezee, en den Brer Fox he up'n 'spon', sezee:

"You come ter my house ter-morrer ef yo' folks aint too sick, en I kin show you whar you kin git plenty beef mo' nicer dan dish yer," sezee.

Well, sho 'nuff, de nex' day fotch Brer Rabbit, en Brer Fox say, sezee:

"Der's a man down yander by Miss Meadows's w'at

got heap er fine cattle, en he gotter cow name Bookay," sezee, "en you des go en say 'Bookay,' en she'll open her mouf, en you kin jump in en git des ez much meat ez you kin tote," sez Brer Fox, sezee.

"Well, I'll go 'long," sez Brer Rabbit, sezee, "en you kin jump fus' en den I'll come follerin' atter," sezee.

Wid dat dey put out, en dey went promernadin' roun' 'mongst de cattle, dey did, twel bimeby dey struck up wid de one dey wuz atter. Brer Fox, he

"Dey struck up wid de one dey wuz atter"

up, he did, en holler "Bookay," en de cow flung 'er mouf wide open. Sho 'nuff, in dey jump, en w'en dey got dar, Brer Fox, he say, sezee:

"You kin cut mos' anywhars, Brer Rabbit, but don't cut roun' de haslett," sezee.

Den Brer Rabbit, he holler back, he did: "I'm a gitten me out a roas'n-piece," sezee.

"Roas'n, er bakin', er fryin'," sez Brer Fox, sezee, "don't git too nigh de haslett," sezee.

Dey cut en dey kyarved, en dey kyarved en dey cut, en w'iles dey wuz cuttin' en kyarvin' en slashin' 'way, Brer Rabbit, he tuck'n hacked inter de haslett, en wid dat down fell de cow dead.

"Now, den," sez Brer Fox, "we er gone, sho," sezee.

"W'at we gwine do?" sez Brer Rabbit, sezee.

"I'll git in de maul," sez Brer Fox, "en you'll jump in de gall," sezee.

Nex' mawnin' yer come de man w'at de cow b'long ter, en he ax who kill Bookay. Nobody don't say nothin'. Den de man say he'll cut 'er open en see, en den he whirl in, en 'twant no time 'fo' he had 'er intruls spread out. Brer Rabbit, he crope out'n de gall, en say, sezee:

"Mister Man! Oh, Mister Man! I'll tell you who kill yo' cow. You look in de maul, en dar you'll fine 'im," sezee.

Wid dat de man tuck a stick and lam down on de maul so hard dat he kill Brer Fox stone-dead. W'en Brer Rabbit see Brer Fox wuz laid out fer good, he make like he mighty sorry, en he up'n ax de man fer Brer Fox head. Man say he aint keerin', en den Brer Rabbit see Brer Fox wuz laid out fer good, he run off to ole Miss Fox, en he tell 'er dat he done fotch her some nice beef w'at 'er ole man sont 'er, but she aint gotter look at it twel she go ter eat it.

Brer Fox son wuz name Tobe, en Brer Rabbit tell Tobe fer ter keep still w'iles his mammy cook de nice beef w'at his daddy sont 'im. Tobe he wuz mighty hongry, en he look in de pot he did w'iles de cookin' wuz gwine on, en dar he see his daddy head, en wid dat he sot up a howl en tole his mammy.

Miss Fox, she git mighty mad w'en she fine she cookin' 'er ole man head, en she call up de dogs, she did, en sickt em on Brer Rabbit; en ole Miss Fox en Tobe en de dogs, dey push Brer Rabbit so close dat he hatter take a holler tree. Miss Fox, she tell Tobe fer ter stay dar en mine Brer Rabbit, w'ile she goes en git de ax, en w'en she gone, Brer Rabbit, he tole Tobe ef he go ter de branch en git 'im a drink er water dat he'll gi' 'im a dollar. Tobe, he put out, he did, en bring some water in his hat, but by de time he got back Brer Rabbit done out en gone. Ole Miss Fox, she cut and cut twel down come de tree, but no Brer Rabbit dar. Den she lay de blame on Tobe, en she say she gwineter lash 'im, en Tobe, he put out en run, de ole 'oman atter 'im. Bimeby, he come up wid Brer Rabbit, en sot down fer to tell 'im how 'twuz, en w'iles dey wuz a-settin' dar, yer come ole Miss Fox a-slippin' up en grab um bofe. Den she tell um w'at she gwine do. Brer Rabbit she gwineter kill, en Tobe she gwineter lam ef its de las' ack. Den Brer Rabbit sez, sezee:

"Ef you please, ma'am, Miss Fox, lay me on de grinestone en groun' off my nose so I can't smell no mo' w'en I'm dead."

Miss Fox, she tuck dis ter be a good idee, en she fotch bofe un um ter de grinestone, en set um up on it so dat she could groun' off Brer Rabbit nose. Den Brer Rabbit, he up'n say, sezee:

"Ef you please, ma'am, Miss Fox, Tobe he kin

"En set um up on it"

tu'n de handle w'iles you goes atter some water fer ter wet de grinestone," sezee.

Co'se, soon's Brer Rabbit see Miss Fox go atter de water, he jump down en put out, en dis time he git clean away.

59

Why Craney-crow Flies Fast

ONE DAY the little boy chanced to hear a noise overhead. Looking up, he saw a very large bird flying over which was indeed a singular-looking creature. Its long neck stretched out in front, and its long legs streamed out behind. Its wings were not very large, and it had no tail to speak of, but it flew well and rapidly, apparently anxious to reach its destination in the shortest possible time.

What kind of a bird is it, Uncle Remus? the child inquired.

Folks useter call um Craney-crows, honey, but now dey aint got no name but des plain blue crane. I 'members 'bout de ole gran'daddy crane w'at drifted inter dese parts many's de long time 'go. 'Twouldn't take much fer ter make me feel right sorry fer de whole kit en b'ilin' un um, deyer sech start-nat'al fools.

Dey wuz one time dey come a big storm. De win' blowed a harrycane, en de rain rained like all de sky en de clouds in it done bin tu'n ter water. De win' blowed so hard dat it lif'ed ole Craney-crow fum his roos' in de lagoons 'way down yan whar dey live at en fotch 'im up in dese parts, en w'en he come, he come a-whirlin'. De win' tuck 'im up, it did, en tu'n 'im roun' en roun', en w'en he lit whar he did, he stagger des like he wuz drunk. He wuz so drunk dat he hatter lean up agin a tree.

But 'twant long 'fo' he 'gun ter feel all right, en he look roun' fer ter see whar he at. He look en he look, but he aint fine out, kaze he wuz a mighty fur ways fum home. Yit he feel de water half-way up his legs, en ef ole Craney-crow is in a place whar he kin do a little wadin', he kinder has de home-feelin' — you know how dat is yo'se'f. Well, dar he wuz a mighty fur ways fum home en yit up ter his knees in water. W'en ole Craney-crow move 'bout, he lif' his foots high like de ladies does w'en dey walk in a wet place. He move 'bout, he did, en atter so long a time he 'gun ter look roun' fer hisse'f. Peepin' fus' in one bush en den in nudder, he tuck notice dat all de birds w'at fly by day had done gone ter bed widout der heads. Look whar he mought, ole Craney-crow aint seed na'er bird but w'at had done tuck his head off 'fo' he went ter bed. Look close ez he kin, he aint see no bird wid a head on. Dis make 'im wonder en he ax hisse'f how come dis, en de onlies' answer w'at he kin think un is dat gwine ter bed wid der heads on wuz done gone outer fashion in dat part er de country.

Now you kin say w'at you please 'bout de creeturs en der kine — 'bout de fowls dat fly en de feathery creeturs w'at run on de groun' — you kin say w'at you please 'bout um, but dey got pride. Dey don't wanter be out'n de fashion. W'en hit comes ter dat, deyer purty much like folks, en dat wuz de way wid ole Craney-crow: he don't wanter be outer fashion. He 'shame' fer ter go ter bed like he allers bin doin', kaze he aint want de udders fer ter laff en say he wuz fum de country deestrick whar dey don't know much. Yit study ez he mought, he dunner w'ich a-way ter do fer ter git his head off. De udders had der heads und' der wing, but he aint know dat.

He look roun', he did, fer ter see ef dey aint some un he kin ax 'bout it, en he aint hatter look long needer, fer dar, settin' lookin' right at 'im wuz ole Brer Rabbit. Wharsomever dar wuz any mischieviousness gwine on, right dar wuz Brer Rabbit ez big ez life en twice ez nat'al. He wuz so close ter ole Craney-crow dat he hatter jump w'en he seed 'im.

Brer Rabbit say, "No needs fer ter be skeered, fr'en' Craney-crow. You may be mo' dan sho dat I'm a well-wisher."

Ole Craney-crow 'low: "Hit do me good fer ter year you sesso, Brer Rabbit, en seein' dat it's you en not some un else, I don't mine axin' you how all de flyin' birds take der heads off w'en dey go ter bed. Hit sho stumps me."

Brer Rabbit say, "En no wonder, fr'en' Craney-crow, kaze youer stranger in dese parts. Dey aint nothin' ter hide 'bout it. De skeeters is bin so bad in dis swamp sence de year one en endurin' de time w'at's gone by dat dem w'at live yer done got in de habits er takin' off der heads en puttin' um in a safe place."

De Craney-crow 'low, "But how in de name er goodness does dey do it, Brer Rabbit?"

Brer Rabbit laff ter hisse'f 'way down in his gizzard. He say, "Dey don't do it by deyse'f, kaze dat 'ud be axin' too much. Oh, no! Dey got some un hired fer ter do dat kine er wuk."

"En whar kin I fine 'im, Brer Rabbit?" sez ole Craney-crow, sezee.

Brer Rabbit 'low, "He'll be roun' dreckly; he allers hatter go roun' fer ter see dat he aint miss none un um."

Ole Craney-crow sorter study, he did, en den he 'low, "How does dey git der heads back on, Brer Rabbit?"

Brer Rabbit shuck his head. He say: "I'd tell you ef I knowed, but I hatter stay up so much at night dat 'long 'bout de time w'en dey gits der heads put on, I'm soun' 'sleep en sno'in' right 'long. Ef you sesso, I'll hunt up de doctor w'at does de business, en I speck he'll 'commerdate you; I kin prommus you dat much sence you bin so perlite."

Ole Craney-crow laff en say, "I done fine out in my time dat dey don't nothin' pay like perliteness, speshually ef she's ginnywine."

Wid dat Brer Rabbit put out, he did, fer ter fine Brer Wolf. Knowin' purty well whar he wuz, 'twant long 'fo' yer dey come gallopin' back. Brer Rabbit say, "Mr. Craney-crow, dis is Doc Wolf. Doc Wolf, dis is Mr. Craney-crow. Glad fer ter make you 'quainted, gents."

Atter dey bin made 'quainted, ole Craney-crow tell Doc Wolf 'bout his troubles en how he wanter do like de res' er de flyin' creeturs, en Doc Wolf rub his chin en put his thumb in his wescut pocket fer all de worril like a sho 'nuff doctor. He say ter ole

Craney-crow dat he aint so mighty certain en sho dat he kin he'p 'im much. He say dat in all his bawn days he aint never seed no flyin' creetur wid sech a long neck, en dat he'll hatter be mighty 'tickler how he fool wid it. He went close, he did, en feel un it en fumble wid it, en all de time his mouf wuz waterin'. He say, "You'll hatter hole yo' head lower, Mr. Craney-crow," en wid dat he snap down on hit, en dat wuz de las' er dat Craney-crow. He aint never see his home no mo', en mo' dan dat ole Doc Wolf slung 'im 'crosst his back en cantered off home. Dat's de reason dat de Craney-crows all fly so fas' w'en dey come thoo dis part er de country.

60

Brer Fox Follows the Fashion

NOW I DUNNO dat ole Brer Rabbit wuz hard-hearted er cole-blooded any mo' dan de common run er de creeturs, but hit look like he kin see mo' ter tickle 'im dan de udders, en he wuz constant a-laffin'. Mos' er de time he'd laff in his innerds, but den agin w'en sumpin tetch his funny-bone, he'd open up wid a big *ha-ha-ha* dat 'ud make de udder creeturs take ter de bushes.

En dat wuz de way he done w'en ole Craney-crow had his head tooken off fer ter be in de fashion. He laff en laff twel it hu't 'im ter laff, en den he laff some mo' fer good medjur. He laffed plumb twel mawnin', en den he laff w'iles he wuz rackin' 'long todes home. He'd lope a little ways en den he'd set down by de side er de road en laff some mo'. W'iles he gwine on dis a-way, he come ter de place whar Brer Fox live at, en den hit look like he can't git no fudder. Ef a leaf shuck on de tree, it 'ud put 'im in mine er de hoppin' en jumpin' en scufflin' dat ole

Craney-crow done w'en Doc Wolf tuck en tuck off his head fer 'im.

Ez luck 'ud have it, Brer Fox wuz out in his pea-patch fer ter see how his crap wuz gittin' on en huntin' roun' fer ter see ef dey wuz any stray tracks whar somebody had bin atter his truck. W'iles he wuz lookin' roun', he year some un laffin' fit ter kill,

"Laffin' fit to kill"

en he looked over de fence fer ter see who 'twuz. Dar wuz Brer Rabbit des a-rollin' in de grass en laffin' hard ez he kin. Brer Fox 'low, "Heyo, Brer Rabbit! W'at de name er goodness de marter wid you?" Brer Rabbit in de middle er his laffin' can't do nothin' but shake his head en kick in de grass.

'Bout dat time ole Miss Fox stuck 'er head out'n de winder fer ter see w'at gwine on. She say, "Sandy, w'at all dat fuss out dar? Aint you know dat de baby's des gone ter sleep?"

Brer Fox, he say, "Taint nobody in de roun' worril but Brer Rabbit, en ef I aint mighty much mistooken, he done gone en got a case er de highstericks."

Ole Miss Fox say, "I don't keer w'at he got. I wish he'd go on 'way fum dar er hush up his racket. He'll wake de chillun, en dem w'at aint 'sleep he'll skeer de wits out'n um."

Wid dat ole Brer Rabbit kotch his breff en pass de time er day wid Brer Fox en his ole 'oman. Den he say, "You see me en you year me, Brer Fox. Well, des ez you see me now, dat de way I bin gwine on all night long. I speck maybe it aint right fer ter laff at dem w'at aint got de sense dey oughter bin bawn wid, but I can't he'p it fer ter save my life. I try, but de mo' w'at I try, de wusser I gits. I oughter be at home right now, en I would be ef it hadn't 'a' bin fer sumpin I seed las' night." En den he went ter laffin' agin.

Ole Miss Fox, she fix de bonnet on 'er head en den she say, "W'at you see, Brer Rabbit? Hit mus' be mighty funny; tell us 'bout it, en maybe we'll laff wid you."

Brer Rabbit 'low, "I don't mine tellin' you, ma'am, ef I kin keep fum laffin', but ef I hatter stop fer ter ketch my breff, I know mighty well dat you'll skuzen me."

Ole Miss Fox say, "Dat we will, Brer Rabbit."

Wid dat Brer Rabbit up en tole all 'bout ole Craney-crow comin' in de swamp en not knowin' how ter go to bed. He say dat de funny part un it wuz dat ole Craney-crow aint know dat w'en anybody went ter bed dey oughter take der head off, en den he start laffin' agin. Ole Miss Fox look at 'er ole man, en he look at 'er. Dey dunner w'at ter say er how ter say it.

Brer Rabbit see how dey doin', but he aint pay no 'tention. He 'low: "Dat ole Craney-crow look like he had travel fur en wide. He look like he know w'at de fashions is, but w'en he got in de swamp en see all de creeturs — dem w'at run en dem w'at fly — sleepin' wid der heads off, he sho wuz tuck back. He say he aint never year er sech doin's ez dat. You done seed how country folks do; well, dat des de way he done. I bin tryin' hard fer ter git home en tell my ole 'oman 'bout it, but eve'y time I gits a good start, it pop in my mine 'bout how ole Craney-crow done w'en he fine out w'at de fashion wuz in dis part er de country."

Den Brer Rabbit sot inter laffin', en Brer Fox en ole Miss Fox dey j'ined in wid 'im, kaze dey aint want nobody fer ter git de idee dat dey don't know w'at fashion is, speshually de fashion in de part er de country whar deyer livin' at.

Ole Miss Fox, she say dat ole Craney-crow mus' be a funny sort er somebody not ter know w'at de fashions is, en Brer Fox he 'gree twel he grin en show his tushes. He say he aint keerin' much 'bout fashions hisse'f, but he 'udn't like fer ter be laffed at on de count er plain ignunce. Brer Rabbit, he say he aint makin' no pertence er doin' eve'ythin' dat's done, kaze he aint dat finnicky, but w'en fashions is comfortable en coolin', he don't mine follerin' um fer der own sake ez well ez his'n. He say now dat he done git in de habits er sleepin' wid his head off, he udn't no mo' sleep wid it on dan he'd fly.

Ole Miss Fox, she up'n 'spon', "I b'lieve you, Brer Rabbit, dat I does!"

Brer Rabbit, he make a bow, he did, en 'low: "I know mighty well dat I'm ole-fashion', en dey aint no 'nyin' hit, Miss Fox. But w'en de new gineration hit on ter sumpin dat's cool en comfortable, I aint de man ter laff at it des kaze hit's toler'ble new. No, ma'am! I'll try it. Ef it wuk all right, I'll foller it; ef it don't, I won't. De fus' time I try ter go ter sleep wid my head off I wuz kinder nervous, but I soon got over dat, en now ef 'twuz ter go outer fashion, I'd des keep right on wid it. I don't keer w'at de udders 'ud think. Dat's me; dat's me all over."

Bimeby Brer Rabbit look at de sun en des vow he bleedz ter git home. He wish ole Miss Fox mighty well, en made his bow, en put out down de road at a two-forty gait. Brer Fox look kinder sheepish w'en his ole 'oman look at 'im. He say dat de idee er sleepin' wid yo' head off is bran new ter 'im. Ole Miss Fox 'low dat dey's a heap er things in dis worril w'at he dunno en w'at he won't never fine out. She say, "Yer I is a-scrimpin' en a-wukkin' my eyeballs out fer ter be ez good ez de bes', en dar is you a-pro-

"Yer I is a-scrimpin'"

jickin' roun' en not a-keerin' whedder yo' fambly is in de fashion er not."

Brer Fox 'low dat ef sleepin' wid yo' head off is wunner de fashions, he fer one aint keerin' 'bout tryin'.

Ole Miss Fox say, "No! En you aint a-keerin' w'at folks say 'bout yo' wife en fambly! No wonder Brer Rabbit had ter laff w'iles he wuz tellin' you 'bout Craney-crow, kaze you stood dar wid yo' mouf open like you aint got no sense. Hit'll be a purty tale he'll tell his fambly 'bout de tacky Fox fambly!"

Wid dat ole Miss Fox switch 'way fum de winder en went ter cleanin' up de house, en bimeby Brer Fox went in de house, hopin' dat brekkus wus ready.

But dey wan't no sign er nothin' to eat. Atter so long a time Brer Fox ax w'en he wuz gwine ter git brekkus. His ole 'oman 'low dat eatin' brekkus en gittin' it too wuz wunner de fashions. Ef he aint follerin' fashions, she aint needer. He aint say no mo', but went off behime de house en had a mighty time er thinkin' en scratchin' fer fleas.

W'en bedtime come, ole Miss Fox wuz mighty tired en she aint a-keerin' much 'bout fashions right den. Des ez she wuz fixin' fer ter roll 'erse'f in de kivver, Brer Fox come in fum a hunt he'd bin havin'. He fotch a weasel en a mink wid 'im, en he put um in de cubbud whar dey'd keep cool. Den he wash his face en han's en 'low dat he's ready fer ter have his head tooken off fer de night ef his ole 'oman'll be so good ez ter he'p 'im.

By dat time ole Miss Fox had done git over de pouts, but she aint git over de idee er follerin' atter de fashions, en so she say she'll be glad fer ter he'p 'im do w'at's right. Den come de knotty part. Needer one un um knowed w'at dey wuz 'bout, en dar dey sot en jowered 'bout de bes' way fer ter git de head off. Brer Fox say dey aint but one way less'n you twis' de head off, en goodness knows he aint want nobody fer ter be twis'in' his neck kaze he ticklish anyhow. Dat one way wuz ter take de axe en cut de head off. Ole Miss Fox, she squall, she did, en hole up 'er han's like she skeered.

Brer Fox sot dar lookin' up de chimbly. Bimeby his ole 'oman 'low, "De axe look mighty skeery, but one thing I know, it aint gwineter hu't you ef hit's de fashion." Brer Fox kinder wuk his und' jaw, but he aint sayin' nothin'; so his ole 'oman went out ter de woodpile en got de axe, en den she say: "I'm ready, honey, w'enever you is."

Brer Fox, he 'spon', "I'm des ez ready now ez I ever is ter be," en wid dat she up wid de axe en *blip!* she tuck 'im right on de neck. De head come right off wid little er no trouble, en ole Miss Fox laff en say ter 'erse'f dat she glad dey follerin' de fashion at las'.

Brer Fox sorter kick en squ'm w'en de head fus' come off, but his ole 'oman 'low dat wuz de sign he wuz dreamin', en atter he lay right still, she say he wuz havin' a better night's res' dan w'at he'd had in a mighty long time. En den she happen fer ter think dat w'iles 'er ole man done gone en got in de fashion, dar she wuz ready fer ter go ter bed wid 'er head on. She dunner how ter git 'er head off, en she try ter wake up 'er ole man, but he look like he wuz wunner dem stubborn kinder sleepers w'at won't be wokened atter dey once drap off. She shuck 'im en holler at 'im, but 'taint do no good. She can't make 'im stir spite er all de racket she make, en she hatter go ter bed wid 'er head on.

She went ter bed, she did, but she aint sleep good kaze she had trouble in der mine. She'd wake up en tu'n over, en roll en toss, en wonder w'at de udder creeturs 'ud say ef dey knowed she wuz so fur outer de fashion ez ter sleep wid 'er head on. W'en mawn-in' come, she try ter wake up 'er ole man, but still he won't be woke. He lay dar, he did, en won't budge, en bimeby ole Miss Fox git mad en go off en leave 'im. Atter so long a time she went back ter whar he wuz layin', en he wuz des like she lef' 'im. She try ter roust 'im up, but he won't be rousted.

She holler so loud dat Brer Rabbit, w'ich he wuz gwine by, got de idee dat she wuz callin' 'im, en he stick his head in de do' en 'low, "Is you callin' me, ma'am?"

She say, "La, Brer Rabbit, I aint know you wuz anywhars roun'. I bin tryin' fer ter wake up my ole man. He mo' lazier dis mawnin' dan I ever is know 'im ter be. Ef my house wan't all to' up, I'd ax you in en git you ter drag 'im out en git 'im up."

Brer Rabbit say, "Ef dey aint nothin' de marter wid Brer Fox, he'll git up in good time."

Ole Miss Fox 'low: "I dunner w'at you call good time. Look at de sun. Hit's 'way up yand', en dar he is sleepin' like a log. 'Fo' he went ter bed he made me take his head off, en he aint woke up sence."

"En how did you git it off, mum?" sez ole Brer Rabbit, sezee.

"I tuck en tuck de axe en cut it off," sez she.

Wid dat Brer Rabbit flung bofe han's over his face en mosied off like he wuz cryin'. Fum de way he look you'd 'a' thunk his heart wuz broke. W'en ole Miss Fox see 'im gwine 'long like he wuz cryin', she 'spicioned dat sumpin wuz wrong, en sho 'nuff 'twuz, kaze Brer Fox aint wake up no mo'. She 'low, "Ole honey look like he dead, but he better be dead dan outer de fashion."

THE END

LIST OF STORIES

1. *Uncle Remus, his Songs and his Sayings.*
   New York, D. Appleton & Company, 1880; Ed. 1906. Illustrated by A. B. Frost.
   Nos. 1, 3, 10, 11, 12, 13, 14, 15, 16, 17, 18, 20, 21, 23, 26, 29, 36, 42, 43, 45, 46, 49, 50, 51, 55, 57, and 58.
2. *Nights with Uncle Remus: Myths and Legends of the Old Plantation.*
   Boston, James R. Osgood & Company, 1883.
   Nos. 2, 4, 5, 8, 24, 25, 27, 28, 31, 32, 34, 37, 38, 41, 44, 47, 48, 53, and 56.
3. *Daddy Jack the Runaway and Short Stories after Dark.*
   New York, Century Company, 1889.
   Nos. 19 and 22.
4. *Uncle Remus and his Friends: Old Plantation Ballads with Sketches of Negro Character.*
   Boston, Houghton Mifflin Company, 1892. Illustrated by A. B. Frost.
   Nos. 6, 30, 33, and 52.
5. *Told by Uncle Remus: New Stories of the Old Plantation.*
   New York, McClure Phillips and Company, 1905. Illustrated by A. B. Frost and others.
   Nos. 9, 39, 54, 59, and 60.
6. *Uncle Remus and the Little Boy.*
   Boston, Small Maynard and Company, 1916.
   No. 7.
7. *Uncle Remus Returns.*
   Boston, Houghton Mifflin Company, 1918.
   Nos. 35 and 40.

Clark
4.38

8421

J398. Harris, Joel Chandler
2
Har The favorite Uncle Remus

DATE DUE

COLD SPRING HARBOR LIBRARY
ONE SHORE ROAD
COLD SPRING HARBOR, N. Y. 11724

DEMCO